KB050591

회귀의
절대자

회귀의
절대자 3

초판 1쇄 인쇄일 2016년 9월 27일 | **초판 1쇄 발행일** 2016년 9월 30일

지은이 원태랑 | **펴낸이** 곽동현 | **담당편집 팀장** 이범수
편집부 신연제 이윤아 홍현주 김유진 임지혜

펴낸곳 (주)조은세상 | 출판등록 제2002-23호
주소 경기도 연천군 미산면 청정로 1355
TEL 편집부 02)587-2966 | FAX 02)587-2922
e-mail bukdu@comics21c.co.kr

ⓒ원태랑 2016
ISBN 979-11-5832-646-3 | ISBN 979-11-5832-643-2(set) | 값 8,000원

회귀의 절대자

원태랑 현대판타지 장편소설

NEO MODERN FANTASY STORY

북두
(주)좋은세상

회귀의 절대자

CONTENTS

NEO MODERN FANTASY STORY

회귀의 절대자

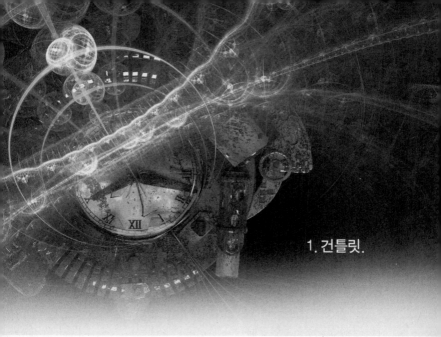

1. 건틀릿.

    거대 망치를 들고 있던 한성의 양 손에는 어느새 거대 방패와 단검이 들려 있었다.

    공격 형태에서 방어 형태로 무기를 바꾼 한성은 곧바로 달려가기 시작했다.

    방패를 앞세우며 달려가고 있는 한성은 이미 상대의 공격을 읽고 있었다.

    하체는 물속에 가려져 있었으니 체인의 본능은 눈에 보이는 한성의 상체만을 향할 것이 분명했다.

    예상대로 생각할 겨를 없이 본능적으로 뿌리다 시피 한 체인의 사슬은 헌터들을 공격할 때처럼 휘지 못하고 일직선으로 뻗고 있었다.

세 개의 사슬은 예상대로 머리 목 가슴을 노리며 뻗어오고 있었는데 한성의 방패에 연이어 충격이 전해져왔다.

파악! 팡! 파악!

연이어 날아온 추가 방패를 부수다시피하며 명중되었지만 한성의 몸에는 닿지 못했다.

충격이 전해져 오고 있었지만 한성은 오히려 속도를 높이고 있었다.

'속공!'

부셔진 방패를 내던진 한성은 곧바로 뛰어 들었다.

오른손에 들고 있던 단검은 그대로 체인의 목을 노리고 있었다.

한성은 알고 있었다.

'장거리 무기! 분명 근접전의 경험은 없다!'

거리를 둔다면 자신이 불리하지만 근접해서 싸운다면 승산은 있었다.

한성의 예상대로였다.

수많은 전투를 경험한 건틀릿 이었지만 지금 만큼은 당황한 표정을 감출 수 없었다.

지금까지 근접한 거리의 적들은 해머와 건틀릿이 주로 상대를 해 왔기 때문에 체인은 근접한 싸움이 너무나 생소했다.

"오옷!"

순식간에 한성의 모습이 눈앞에 나타났다.

상대가 이렇게까지 빠른 속공을 가지고 있을 줄은 전혀 예상하지 못했다.

늘어난 체인을 거두기도 전에 한성의 단검이 번뜩였다.

'속공! 크앗!'

속공으로 간신히 피하기는 했지만 한성의 검은 체인의 목을 스쳐지나갔다.

자신의 검이 빗나갔음에도 한성은 침착했다.

거리를 벌리는 것을 용납하지 않겠다는 듯이 한성의 손이 체인의 어깨를 붙잡았다.

곧바로 한성은 체인의 다리를 거는 것과 동시에 왼손이 체인의 어깨를 누르기 시작했다.

"우워어어엇!"

변화무쌍하게 움직이는 한성의 공격에 체인의 입에는 당황함이 새어 나왔다.

체인의 가장 큰 장점은 장거리 공격이었다.

대거, 해머, 그리고 건틀릿이 근접한 거리에서 적합한 무기를 사용했다면 체인은 장거리 전용이었다.

10M에 가까울 정도로 늘어나는 사슬과 동시에 여섯 개의 사슬을 각기 다른 방향으로 공격할 수 있다는 장점은 나무 위 같이 사냥감을 내려다보며 공격할 경우 최고의 실력을 낼 수 있었는데 지금 체인의 장점은 철저하게 봉쇄되어지고 있었다.

"끝이다!"

균형을 무너뜨린 체인의 목을 향해 단검을 내려찍으려는 순간이었다.

휘리리릭!

"어엇!"

체인의 왼손에 있던 늘어나지 않은 사슬들이 생명체처럼 움직이며 한성의 한손을 묶어 버렸다.

아무리 근접전에 약한 체인 이었지만 비상시를 대비한 비책을 가지고는 있었다.

체인의 늘어나지 않은 사슬들은 뱀처럼 단검을 내리찍는 한성의 오른손을 감으며 봉쇄하고 있었다.

'우웃?'

레벨의 차이가 느껴진다는 듯이 한성의 오른손은 움직이지 못하고 있었다.

레벨 증폭 스킬로 50레벨을 유지하고는 있었지만 아직 체인과의 레벨 차이는 있었다.

힘 대 힘으로는 이길 수 없다는 걸 알고 있었다.

한성은 과감하게 단검을 버리고 체중을 실으며 체인의 몸을 물속으로 처박았다.

"우워어억!"

호수 안으로 잠겨 버린 체인의 코와 입으로 물이 쏟아 들어왔다.

'버블!'

하루에 세 번 까지 사용 가능한 버블이 한성의 몸을 감싸 안았다.

물 밖에서 싸운다면 승산이 없었지만 물속에서 싸운다면 얘기는 달랐다.

버블로 자신은 물로부터 보호 받고 있었고 호흡에 지장이 없었다.

반면 거대 망치에 한방 얻어맞은 체인은 힘이 감소된 상황이었다.

물속에 빠진 상황에서도 한성의 오른손을 봉쇄한 사슬들은 아직까지 풀어지지 않고 있었다.

오른손은 봉쇄 되어 있었지만 왼손은 자유로웠다.

한성의 왼손이 움직였다.

한성의 왼손이 노린 것은 체인의 늘어났던 사슬이었다.

여자 헌터를 잡기 위해 늘였던 사슬은 아직까지 늘어나 있는 상황 이었는데 한성은 재빨리 허우적거리는 체인의 목에 늘어난 사슬을 감았다.

체인의 목에 사슬을 휘감은 한성은 물 밖으로 몸을 일으켜 어쩔 줄 모르고 눈치보고 있는 헌터들을 향해 던지며 외쳤다.

"당겨!"

곧바로 한성은 체인의 몸을 끌어안은 채 다시 물속으로 잠수하기 시작했다.

한성의 의도는 충분히 전해져 왔다.

눈앞의 사슬이 이들이 살 수 있는 유일한 길이었다.

기주와 헌터들은 사정없이 쇠사슬을 잡아당기기 시작했다.

"당겨! 당겨!"

세 명의 헌터들은 있는 힘을 다해 사슬을 당기고 있었고 한성은 체인의 몸을 누르고 있었다.

목에 감긴 사슬은 체인의 목을 더욱더 조여오고 있었고 아무리 레벨이 높다고 해도 물 속에서는 제대로 힘을 내지 못하고 있었다.

호흡을 하면서 힘을 내고 있는 한성과 호흡조차 하지 못하고 있는 체인과는 애초부터 상대가 될 수 없었다.

레벨의 차이에도 전세는 역전되어지고 있었다.

숨이 차기 시작했다.

사슬의 조여 짐과 살기위해 바둥거리는 몸의 움직임은 더욱더 호흡을 필요로 하고 있었다.

"꾸엑! 꾸우우엑!"

몸을 붙잡은 한성의 팔을 뿌리치려 해 보았지만 버블의 효과로 물의 방해를 받지 않는 한성을 숨조차 쉬지 못하고 있는 체인이 당해낼 수는 없었다.

"케에에엑!"

수면 위로 거품이 올라오고 있었다.

발악하던 체인의 몸이 축 늘어지며 움직임이 멈추어 버렸다.

빛과 함께 체인의 몸은 사라져 버렸고 체인의 몸을 쥐고 있던 한성의 손에는 사슬만이 남아 있었다.

〈켈로비스의 사슬〉

등급: 희귀 상급

공격력: 215-235

설명: 희귀 상급 치고는 약한 공격력. 하지만 무려 여섯 개의 동시 공격 가능. 레벨 50미만 사용 불가.

특수효과: 공격 시 최대 10M까지 늘어남. 늘어난 사슬은 자유자대로 움직일 수 있음.

한성이 몸을 일으키는 순간이었다.

"와아아!"

"잡았다! 잡았어!"

호수 근처에서 보고 있던 헌터들은 기쁨의 함성을 내질렀다.

그토록 무서웠던 로머를 해치웠다는 사실에 살아남은 헌터들이 기쁨의 함성을 내지르고 있던 그때였다.

알리미의 덫이 울려 퍼졌다.

[몬스터 출현! 덫과의 거리 3M. 몬스터 한 마리!]

체인을 제압했다는 기쁨은 순식간에 사라져 버렸다.

심장이 두근거렸다.

마지막으로 남아 있던 로머가 등장했다.

한성의 얼굴이 굳었다.

'동료가 당하고 있음에도 나타나지 않았다. 지켜보았다는 거다!'

이건 전형적으로 앞에 동료를 던져 함정을 확인하는 수법이었다.

체인이 최후를 맞이하고 있던 그 시각.

해머에게 가겠다고 했던 건틀릿은 나뭇가지 위에서 모습을 드러냈다.

호수 중앙에서 사슬에 목이 죄여 죽은 체인을 바라보고 있던 건틀릿은 냉소를 머금었다.

'멍청한 놈.'

건틀릿은 지금 나무 위에서 상황을 지켜보고 있었다.

'우리가 여자 헌터만을 우선적으로 노린다는 사실을 알고 있었다. 여자로 유인을 하고 호수에서 모습을 감춘 채 레벨의 불리함을 지형으로 극복했다. 흐음. 던전에 갓 들어온 자 치고는 상당한데? 하지만 미끼는 네 놈들만 던질 수 있는 게 아니다.'

처음부터 건틀릿은 체인이 자신의 말을 듣지 않고 먼저 행동할 거라는 사실을 이미 알고 있었다.

해머와 대거에게서 이상한 낌새를 느낀 건틀릿은 자신의 동료를 미끼로 던져 볼 생각 이었고 헌터들은 예상처럼 함정을 파고 기다리고 있었다.

체인이 죽었음에도 불구하고 건틀릿은 눈 하나 깜빡하지 않고 있었다.

호수 안에서 주위를 두리번거리는 헌터들의 모습에 건틀릿은 생각했다.

'덫이 설치되어서 이미 내가 온 것을 알고 있겠지?'

건틀릿은 자신이 이미 알리미의 덫에 걸렸다는 사실까지 알고 있었다.

'모체는 한 마리. 실력자는 호수 중앙에 있는 놈 하나.'

이미 상황 파악은 끝났다.

나무 위에서 뛰어 내린 건틀릿은 곧바로 호수를 향해 달려가기 시작했다.

제일 먼저 호수 밖에 있던 헌터들이 건틀릿을 발견했다.

"어? 어?"

바로 정면에서 나타났지만 헌터들은 건틀릿의 모습을 제대로 보지도 못하고 있었다.

마치 녹화 된 화면을 빠르게 감은 것처럼 건틀릿의 모습은 순식간에 눈앞에 나타나고 있었다.

건틀릿이 한 손을 내밀며 헌터들의 머리 위로 뛰어 오르는 순간이었다.

우드득!

헌터들이 행동을 취하기도 전에 목뼈가 부러지는 소리가 먼저 들려왔다.

"우아아악!"

곁에 있던 헌터가 무기를 휘두르려는 순간 건틀릿은 이미 스쳐지나가고 있었다.

차아아앗! 차아아앗!

건틀릿의 손은 움직이지도 않고 있었다.

다리 쪽의 갑옷에서 튀어나온 날카로운 검날이 헌터들의 다리를 스치며 지나갔다.

건틀릿의 팔에 숨겨져 있는 검날과 똑같은 검날이 다리에도 장착되어 있었다.

팔을 움직일 필요도 없이 의식만으로 다리의 검날은 정확하게 지나쳐 가는 헌터들의 아킬레스 건을 노리며 번쩍였다.

"크아아아악!"

헌터들은 발목에서 피를 뿜으며 주저앉아 버리고 말았다.

'일단 중앙의 놈부터.'

호수 중앙에 있는 한성이 가장 뛰어난 실력자라는 사실을 알고 있었던 건틀릿은 우선적으로 한성을 노리고 있었다.

한성이 대비할 시간을 주지 않겠다는 듯이 건틀릿은 주변의 헌터들이 달아나지 못하게 아킬레스건만을 베어버리고 있었다.

발목을 움켜쥐고 쓰러져 있는 헌터들을 내버려 둔 채 순식간에 건틀릿은 호숫가로 도착했다.

헌터들의 비명소리에 호수 안에 있던 헌터들의 시선이 건틀릿에게로 향했다.

물살을 가르며 달려오고 있는 건틀릿의 속도는 차원이 달랐다.

본능적으로 헌터들이 크로스 보우를 겨누는 순간이었다.

한성이 외쳤다.

"달아낫!"

팔과 다리에 방어구만을 착용한 건틀릿은 얼핏 보면 전혀 무기를 들고 있지 않은 자로 보였지만 로머들 중 가장 강한 상대가 바로 이 자였다.

휙! 휙! 휙!

크로스 보우의 마나 탄이 발산되고 있었지만 건틀릿의 속도는 전혀 줄어들지 않고 있었다.

팅! 팅! 팅!

건틀릿은 두 팔로 몸을 보호하며 달려오고 있었는데 양 팔에 장착한 건틀릿은 훌륭한 방어구가 되어 주고 있었다.

'아무리 약한 적이라도 난 방심하지 않는다!'

보호구에 명중된 화살들은 면역 쉴드를 차감할 수 없었다.

면역 쉴드를 벗겨내기는커녕 건틀릿의 방어구에 헌터들의 공격은 전혀 위력을 발휘 할 수 없었다.

"허억!"

어느새 건틀릿은 크로스보우를 들고 있던 헌터들의 곁을 지나쳐 가고 있었다.

크로스 보우의 탄환을 튕겨내고 있던 건틀릿의 양 팔이 펼쳐지는 순간이었다.

휘리리리릭!

체인이 늘어나는 사슬로 공격할 때 와 똑같은 움직임 이었지만 그 위력은 더욱더 강했다.

팔에 숨겨져 있던 검날은 날카롭게 헌터들의 몸을 베었다.

"크아아아악!"

옆에 있던 헌터의 몸에서 피가 뿌려지는 순간 기주의 눈에는 몸과 분리된 자신의 몸이 쓰러지는 것이 보이고 있었다.

순식간에 세 명의 헌터가 쓰러졌지만 한성에게 향하는 건틀릿의 속도는 전혀 줄어들지 않고 있었다.

호수 중앙에서 여자 헌터가 급하게 달아나고 있는 모습이 보였지만 건틀릿의 시선은 이미 한성에게로 향하고 있었다.

'저 놈 먼저 잡고 곧바로 모체!'

건틀릿은 한성을 향해 속공을 최대한도로 끌어 올렸다.

우우웅웅!

건틀릿의 속도를 말해 주 듯이 호수의 물이 갈라지고 있었다.

건틀릿은 호수 위를 날아가다 시피 하면 한성을 향해 주먹을 휘둘렀다.

'속공!'

순간적으로 속공을 끌어 올린 한성은 재빨리 몸을 젖히며 피했다.

건틀릿의 주먹이 빗나가는 순간이었다.

철컥!

팔쪽에 장착된 보호구에서 날카로운 검날이 번쩍였다.

주먹은 페이크 공격이었고 검날이 진짜 공격이었다.

한성이 급하게 고개를 젖히는 순간이었다.

촤아아앗!

한성의 뺨에 뜨거운 피가 솟구쳐 올랐다.

건틀릿이 냉소를 머금었다.

"호오? 제법?"

자신의 공격이 빗나갔다는 것이 의외의 일이었다.

단칼에 죽을 줄 알았던 한성이 자신의 공격을 피하자 건틀릿은 유진을 향하고 있던 시선이 다시 한성에게로 향했다.

한성은 다급했다.

건틀릿의 장착한 팔과 다리의 방어구에서는 날카로운 검날이 숨어 있다는 사실은 알고 있었다.

주먹이 페이크이고 검날이 진짜 공격이라는 사실까지 알고 있음에도 불구하고 건틀릿의 공격을 완전히 피하지 못했다.

'속공의 수준이 다르다!'

자신 보다 적어도 3단계는 위의 속공 레벨이었으니 이건 보나마나한 싸움이었다.

건틀릿이 다시 방향을 바꾸는 순간 한성은 주먹을 내보이고 있었다.

무슨 스킬을 발산하는 것 같은 움직임에 건틀릿이 순간적으로 멈칫 거린 순간이었다.

한성의 주먹은 그대로 호수를 향해 내리찍어졌다.

스킬의 발산과 함께 한성이 호수를 내리 친 순간이었다.

촤아아아앗!

분수처럼 물이 솟구쳐 올랐다.

눈앞에서 일어난 물 줄기에 순간적으로 한성의 모습이 감추어져 버렸다.

'시야를 가렸다!'

순간적으로 건틀릿은 두 팔로 몸을 감싸며 뒤로 물러섰다.

건틀릿은 로머들 중 가장 빠른 속공을 가지고 있었지만 면역 쉴드 만큼은 가장 적은 3회 무효화의 면역 쉴드를 가지고 있었다.

혹시나 한성이 연타 무기를 가지고 있을지 모른다는 생각에 건틀릿은 뒤로 물러서며 수비 자세를 취하고 있었다.

하늘로 솟구쳤던 물보라가 사라지는 순간이었다.

예상대로 검날이 번쩍이며 뻗어오고 있었다.

'어림없다! 네 속공으로는 절대 맞출 수 없다!'

여유 있게 거리를 두고 뒤로 물러서는 순간이었다.

한성은 두 손에 쥔 검에 힘을 주었다.

'확장!'

촤아아아앗!

한성이 두 손으로 찌르고 있던 백호의 검은 순식간에 커지기 시작했다.

건틀릿의 입에서 당황함이 새어 나왔다.

"어엇!"

검의 확장은 자신의 속공보다 빠르게 커지고 있었다.

상대가 확장 무기를 가지고 있을 거라고는 생각할 수 없었다.

"우욱!"

챙그랑!

면역 쉴드 세 번 중 한번이 깨지며 건틀릿의 몸이 튕겨져 나갔다.

검의 충격에 튕겨나간 건틀릿이 몸을 일으키는 순간이었다.

의외로 한성은 등을 보이며 달아나고 있었다.

'이 놈이!'

한성은 전혀 싸울 의지를 보이지 않고 있었다.

백호의 검으로 면역 쉴드 한번을 차감하기는 했지만 아직 건틀릿이 몇 번의 면역 쉴드를 가지고 있는지는 알 수 없었다.

전투에서 필수라 할 수 있는 속공과 레벨에서 상대는 자신과 비교할 수 없는 수준이었다.

건틀릿이 한성을 따라 속공을 올리는 순간이었다.

건틀릿의 다리에 무언가 걸리는 것이 느껴져 왔다.

"어엇!"

[슬로우 덫! 작동했습니다! 16초간 움직임이 느려집니다!]

몸이 무거워 지는 것을 느낀 건틀릿은 얼굴을 찡그렸다.

'노렸군!'

처음부터 한성은 상대가 면역 쉴드를 가지고 있다는 것을 알고 있었다.

그 탓에 검의 공격으로 상대를 제압하겠다는 생각보다는 검의 확장을 이용해 상대를 슬로우 덫에 걸리게 해 달아날 시간을 벌 생각이었다.

"훙!"

슬로우 덫에 걸렸지만 전혀 당황하지 않고 있었다.

속도라면 그 누구보다도 빠를 자신이 있었다.

슬로우 덫이 자신의 움직임을 늦추겠지만 늦추어진 속도만 가지고도 충분히 제압할 자신이 있었다.

건틀릿이 한성의 뒤를 따르며 속공을 끌어 올리는 순간이었다.

어느새 백호의 검을 들고 있던 한성의 손에는 다른 무기가 장착 되어 있었다.

한성의 한쪽 손이 뒤로 향했다.

"어엇?"

어느새 체인의 사슬이 한성의 손에 장착되어 있었다.

'늘어나!'

한성의 명령에 곧바로 반응을 한 사슬은 건틀릿을 향해 뻗어갔다.

촤아아앗! 촤아아앗! 촤아아앗!

"우웃!"

건틀릿은 재빨리 두 팔로 몸을 보호했다.

챙! 챙! 챙!

세 개의 추는 시간 차를 두고 연달아 꽂히고 있었다.

더 이상 면역 쉴드를 낭비하지 않겠다는 듯이 건틀릿은 철저하게 방어 위주로 행동하고 있었다.

'아직 세 개 더 남아 있다.'

체인의 사슬은 총 여섯 개가 있었다.

나머지 사슬이 올 것을 예측한 건틀릿은 움직이지 않으며 방어 태세를 갖추고 있었다.

그때였다.

촤아아앗!

"어엇?"

예상대로 반대편 손에 장착된 사슬이 뻗어나갔지만 그 방향은 달랐다.

건틀릿의 눈이 커졌다.

당연히 자신을 노릴 거라 생각했지만 한성의 다른 손에 장착된 사슬이 뻗어나간 곳은 자신이 아닌 반대쪽의 나무였다.

뻗어간 사슬은 나뭇가지에 걸렸다.

'줄어들어!'

한성의 명령을 듣는 다는 듯이 곧바로 사슬은 줄어들며 한성의 몸을 나뭇가지로 끌어 올렸다.

순식간에 줄어들며 한성의 몸을 끌어당긴 사슬의 속도는 한성의 속공보다 빨랐다.

순식간에 한성의 몸은 호수에서 벗어나 버렸고 수풀 속으로 사라져 갔다.

갑작스러운 한성의 태도에 건틀릿은 제 자리에 멈추어 있었다.

상대가 이렇게 쉽게 전투를 포기하고 달아날 줄은 몰랐다.

호수 위의 덫을 이용해서 싸우는 것이 한성에게는 더 유리했으니 건틀릿은 한성이 이곳에서 승부를 볼 거라 생각했지만 오히려 한성은 속도를 높이며 달아나고 있었다.

'놓쳤군. 하지만 달아날 곳이 없을 텐데? 아! 설마?'

머릿속으로 아티팩트의 배리어가 떠올라 왔다.

아티팩트가 파괴된 순간 몬스터의 접근을 막는 배리어 역시 사라졌다.

하지만 해머가 당했다면 아티팩트의 복원과 함께 배리어 역시 재생될 것이 분명했다.

배리어의 재생 속도는 아티팩트보다 빨랐다.

'이걸 던전에 갓 들어온 헌터가 알고 있단 말인가?'

상대가 이 모든 사실을 알고 있다는 것은 믿기지 않는 일이었지만 대거와 해머, 그리고 체인까지 해치운 실력을 생각하면 결코 방심할 수 없었다.

가볍게 이마를 찡그린 건틀릿은 한성의 뒤를 따르기 시작했다.

❖

얼마 후.

주변이 빠르게 지나가고 있었다.

쫓는 자와 쫓기는 자 모두 목적지는 같았다.

속공과 체인의 늘어나는 사슬을 이용해서 한성은 나무 사이사이를 날아가듯이 움직이고 있었다.

한성의 숨은 턱까지 차오르고 있었다.

속공을 최대한도로 끌어 올리며 정신없이 달려가고 있는 한성의 체력은 이제 바닥으로 치닫고 있었다.

어차피 지금 상황에서 싸울 수 있는 상황이 아니었고 살 수 있는 마지막 희망은 바로 아티팩트의 배리어 뿐이었다.

뒤쪽에서 자신을 따라오는 움직임의 소리가 점점 더 가까워지고 있었다.

건틀릿 역시 한성의 의도를 읽고 있었다.

한성이 체인의 늘어나는 스킬을 이용해 속도를 높이고 있는 것에 비해 건틀릿은 속공만으로 추격하고 있었는데 길이 나 있지 않았지만 건틀릿의 검날은 방해되는 나무 가지들을 베어버리며 최단거리를 노리며 달려가고 있었다.

양 팔에 나 있는 두 개의 검날은 사정없이 길을 만들어버리고 있었고 아티팩트로 질주하는 건틀릿의 속도는 순식간에 한성을 따라잡고 있었다.

한성의 시선에 아티팩트가 보이기 시작했다.

"으음?"

거의 복원되어지고 있는 아티팩트의 앞으로 안전지대인 초록색 배리어가 생기고 있었는데 한나의 모습이 보이고 있었다.

아티팩트의 복원 시간을 애타게 기다린다는 듯이 한나는 아티팩트를 향해 기도를 하고 있었다.

한나의 시선이 아티팩트로 향했다.

[아티팩트 재생 시간 5시간 26분.]

아티팩트가 완성되기 까지는 아직 5시간이나 넘게 남아 있었다.

순간 한나의 시선이 아티팩트 끝 모서리 부분으로 향했다.

피라미드 형태의 아티팩트의 모서리에는 초록빛의 배리어가 일어나고 있었다.

'아. 이건!'

한나의 얼굴이 밝아졌다.

아티팩트가 파괴 되었으니 당연히 배리어 역시 파괴되었을 거라 생각했는데 벌써 한 두 사람 정도 들어갈 정도의 공간이 생겨나고 있었다.

이 속도라면 아티팩트가 완성되기 전 까지 부상자들을 데려올 수 있을 것 같았다.

부상자들을 데려 오려는 순간이었다.

멀리서 무언가 잘려 나가는 소리가 들려왔다.

촤아아앗!

한나가 시선을 돌리자 숲속 에서 나뭇가지들이 허공으로 솟구치고 있는 모습이 보였다.

무언가 점점 다가온다는 듯이 나뭇가지들은 더욱더 급격하게 사방으로 튀어 오르고 있었다.

"아!"

멀리서 한성의 모습이 보이는 것과 동시에 그의 뒤를 따라오는 로머의 모습이 보이고 있었다.

한나의 눈이 커지는 순간이었다.

한성과 아티팩트와의 거리는 점점 더 가까워지고 있었고 그와 동시에 건틀릿과 한성의 거리는 더욱더 가까워지고 있었다.

한성과 건틀릿의 거리는 10M 이내로 좁혀 들고 있었다.

'뿌리칠 수 있다!'

한성의 시선이 한나와 아티팩트의 초록색 빛으로 향했다.

자신이 떠났을 때는 한명이 들어가기도 힘든 좁은 공간이었는데 지금은 한명이 아슬아슬하게 들어갈 수 있는 공간이 생성되어지고 있었다.

문제는 놀란 표정을 짓고 있는 한나였다.

그녀는 어찌 할 바를 모르고 있었는데 그녀는 지금 한성의 앞을 가로막고 있는 상황이었다.

한성이 마지막 스퍼트를 올리는 순간이었다.

'놓치지 않는다!'

이 상태라면 잡을 수는 없었지만 건틀릿은 포기 하지 않았다.

잡을 수 없게 된 것을 깨달은 건틀릿은 자신의 팔에 장착된 검날을 빼내 집어 던졌다.

쉬이이이잇!

'아!'

앞쪽에는 한나가 얼어붙은 듯이 서 있었고 뒤쪽에서는 검날의 날아오는 소리가 들렸다.

일초도 안 되는 짧은 시간에 선택의 여지가 없었다.

피하면 한나가 즉사할 것이 분명했고 돌아서 막는다면 건틀릿에게 잡힐 것이 분명했다.

한성은 그대로 몸을 던지다 시피하며 한나의 몸을 껴안은 채 초록색 배리어 안으로 뛰어 들었다.

한나의 비명 소리가 울려 퍼졌다.

"꺄아아앗!"

두 명이 동시에 들어가기에 배리어는 너무나 좁았다.

아티팩트에 머리를 부딪친 한나는 그 자리에서 기절을 하고 말았다.

기절을 한 한나를 신경 쓸 새도 없었다.

챙!

뒤쪽에서 배리어에 튕겨 나가는 검날의 소리가 울려 퍼졌다.

좁은 배리어 안으로 간신히 한성은 한나와 몸을 포갠 채로 건틀릿을 바라보았다.

초록색 투명 배리어 밖으로 건틀릿이 다가오는 모습이 보였다.

인간의 형상을 하고 있었지만 건틀릿 역시 몬스터였다.

초록색 배리어 안으로 건틀릿은 더 이상 다가오지 못하고 있었다.

쓰러져 있던 한성은 안도의 한숨을 내쉬었다.

그때였다.

"으음?"

건틀릿이 무섭게 노려보며 한성의 앞으로 고개를 내밀었다.

배리어의 두께는 채 10Cm도 되지 않았다.

당장이라도 검을 찔러 넣는다면 닿을 거리였지만 건틀릿은 면역 쉴드를 믿고 있다는 듯이 고개를 내밀고 있었다.

코앞까지 바짝 머리를 들이민 건틀릿은 한성을 향해 말했다.

"나와라."

당연히 나갈리 없었다.

한성은 조심스럽게 배리어 뒤에서 몸을 일으켰다.

아직 배리어의 공간은 두 명이 같이 있기에 충분히 마련되어 있지 않았다.

배리어 밖으로 조금만 몸이 빠져 나가도 잡혀 버릴 수 있었다.

배리어의 공간에 자신과 한나의 몸이 빠져 나가지 않게 주의하고 있는 한성을 본 건틀릿은 의아하다는 듯이 물었다.

"네 놈은 뭐냐? 어떻게 던전에 갓 들어온 헌터 주제에 대거, 해머, 체인을 제거한 거냐? 또 어떻게 배리어의 시간까지 생각하고 있었지?"

한성은 대답대신 질문을 던졌다.

"네 놈이야말로 뭐냐? 어째서 인간의 모습을 하고 있는 거지? 30층 보다 높은 층에서도 너희 같은 놈들은 없다. 네 놈들은 어디에서 온 건가? 절대자와는 무슨 관계지? 이곳에서까지 병기를 생산하고 있었던 거냐?"

한성의 물음은 건틀릿을 더욱더 놀라게 했다.

대답 대신 다시 질문이 들려왔다.

"30층 이상을 가본 적이 없을 사내가 어떻게 그 사실을 알고 있지? 네 놈 도대체 뭐야?"

서로 질문을 주고받고 있던 상황에서도 건틀릿은 한성의 틈을 찾고 있었다.

배리어 안으로 들어갈 수는 없었지만 약간의 몸만 튀어 나온다면 그대로 낚아 챌 수 있었다.

한성의 눈은 건틀릿의 의도를 놓치지 않았다.

배리어 밖으로 아슬아슬하게 걸쳐 있는 몸의 부위를 노리고 있는 상대의 모습에 한성은 기절한 한나의 몸을 꺼안으며 들어 올렸다.

꿈도 꾸지 말라는 듯이 한성은 한나의 몸을 들어 올리며 말했다.

"하루 종일 이러고 있을 수도 있다. 꺼져라."

지금 상황에서 칼자루를 쥐고 있는 것은 한성이었다.

자신이 배리어 밖으로 나가지 않는 한 결코 로머는 자신을 해칠 수 없었다.

시간이 흐를수록 배리어는 커질 것이고 아티팩트가 완성되면 돌아갈 수 있었다.

한성의 태도에 건틀릿은 곧바로 배리어 바로 앞에서 편한 자세로 앉았다.

전혀 싸울 자세가 아닌 상황에서 양팔을 들어 올린 건틀릿이 말했다.

"아무런 방어구도 없다. 면역 쉴드 역시 해제 했다. 공격해 봐."

확인을 시켜 주겠다는 듯이 한쪽 검날로 자신의 손끝에 상처를 내 보이고 있었다.

면역 쉴드가 진짜 해제가 되었다는 듯이 손끝에서는 피가 흐르고 있었는데 한성의 시선이 흘러내리는 피로 향했다.

'붉은색. 인간과 같다.'

HNPC만 하더라도 푸른색 피를 가지고 있었는데 지금 눈 앞의 로머는 인간과 똑같은 붉은 피를 가지고 있었다.

기습을 해 보라는 듯이 무방비 상태의 상대에게 순간적으로 유혹이 일어났지만 한성은 끝내 움직이지 않았다.

지금 상황에서는 귀환이 우선이었지 몬스터의 사냥이 우선이 아니었다.

잠시 한성을 노려보고 있던 건틀릿은 무언가 생각이 났다는 듯이 어디론가 사라져 갔다.

건틀릿의 모습이 사라졌지만 한성은 여전히 전혀 밖으로 나가지 않고 있었다.

'속임수?'

그냥 이대로 단념할 상대가 아니었다.

자신의 동료 까지 미끼로 던질 머리를 가지고 있는 몬스터가 이렇게 쉽게 단념할 거라고는 생각할 수 없었다.

혹시나 속임수가 있을지 모른다고 생각한 한성은 여전히 좁은 배리어 안에서 하나의 몸을 껴안은 채로 시간이 흘러가기를 기다리고 있었다.

한 시간쯤 지났을까?

어느새 초록빛 배리어는 넓게 퍼지며 두 명이 들어갈 만한 공간을 만들어 주고 있었다.

어느 정도의 공간이 생기자 한성은 기절한 한나를 옆에 눕혀 주었다.

[아티팩트 완성 시간 2시간 11분.]

한성이 아티팩트의 완성 시간을 확인한 순간이었다.

사라졌었던 건틀릿의 모습이 보이고 있었다.

기습이 아니었다.

정면으로 천천히 걸어오고 있는 건틀릿은 양 팔로 무언가를 질질 끌고 오고 있었다.

질질 끌려오는 물체의 정체를 본 한성의 눈썹이 꿈틀거렸다.

아킬레스 건을 베인 세 명의 헌터와 유진이 질질 끌려오고 있었다.

건틀릿의 힘을 말해 준다는 듯이 건틀릿은 한 팔에 두 명씩 끌고 오고 있었는데 남자 헌터들은 이미 의식이 없는 상황이었고 유진만이 의식이 있어 보였다.

아티팩트 앞으로 온 건틀릿은 한성이 보라는 듯이 헌터들을 눕혀 놓았다.

기절해 있는 남자 헌터들은 시체처럼 움직이지 못하고 있었는데 유진은 바들바들 떨며 한성을 바라보고 있었다.

건틀릿이 말했다.

"나와라. 일대일로 대결을 한다면 이들 모두를 살려주겠다."

"속지 않는다."

건틀릿의 팔에서 검날이 튀어 나왔다.

검날을 쓰러져 있는 헌터의 목에 가져가며 건틀릿이 말했다.

"이중에 네 놈이 지켜주어야 할 자는 없는 건가? 나오지 않으면 네 놈 앞에서 처형하겠다."

협박에도 한성은 냉소를 머금었다.

"나를 너무 착하게 보는 군."

"으음?"

좌아아앗!

한성의 냉소에 화난 표정을 지은 건틀릿은 기절해 있던 헌터 중 한명의 목을 베어 버렸다.

"꺄아아아악!"

기절한 헌터 대신 유진의 비명이 울려 퍼졌다.

한성은 전혀 미동조차 하지 않고 있었다.

유진의 비명에 반응을 한 것은 한성이 아니라 건틀릿이었다.

유진의 머리를 땅바닥으로 가져간 건틀릿은 한성을 바라보며 말했다.

"남자 헌터가 통하지 않는다면 여자는 어떨까?"

반쯤 정신이 나가 있는 유진의 머리를 끌어 잡은 채 건틀릿은 귓가에 속삭였다.

"잘 들어라. 저 놈이 나오면 넌 살 수 있다. 저 놈을 나오
게 해."

유진은 울면서 외쳤다.

"살려주세요! 살려주세요!"

건틀릿이 목소리를 높였다.

"모체가 살려달라고 한다. 나와라!"

한성은 전혀 미동조차 하지 않고 있었다.

오히려 눈앞의 건틀릿이 보이지도 않는 다는 듯이 그의
시선은 다른 곳을 향하고 있었다.

'이것도 운명일까?'

순간 마음속으로 과거 생존도에서 죽었던 여자가 떠올랐
다.

건틀릿은 당장이라도 유진을 죽일 듯이 검날을 움직여
보이고 있었지만 한성의 시선조차 잡지 못하고 있었다.

자신을 투명인간 취급하는 한성의 태도에 건틀릿은 화가
치밀어 오르고 있었다.

건틀릿이 귀를 찢을 듯 한 목소리로 외쳤다.

"나와라!"

상대의 목소리가 높아졌다는 것은 한성으로 하여금 어떤
행동을 해야 하는지 충분히 알게 하고 있었다.

여전히 한성은 눈앞에서 발악을 하듯이 외치는 건틀릿에
게 눈길조차 주지 않고 있었다.

건틀릿은 분을 이기지 못했다.

"에잇! 에잇! 에잇!"

건틀릿의 검날이 가차 없이 움직였다.

촤아아아앗!

분노한 건틀릿의 검날은 사정없이 주변을 핏빛으로 만들어 버리고 있었다.

"꺄아아악!

얼마나 흥분했는지 모체를 살아 있는 채로 가져가야 했음에도 건틀릿은 유진의 목까지 베어버리고 있었다.

한성의 앞으로는 죽어버린 헌터들의 시체만이 보이고 있었다.

마음속으로는 끓어오르는 분노가 느껴졌지만 한성은 나가지 않고 있었다.

'철저한 무시.'

지금 한성이 할 수 있는 최고의 공격이었다.

시간이 흘렀다.

[아티팩트 복원 시간 1시간 20분.]

건틀릿은 포기라는 것을 모른다는 듯이 한성을 노려보며 의도적으로 틈을 보이고 있었다.

아무런 행동을 하지 않는 것이 최선이라는 것을 알고 있는

한성은 여전히 배리어 안에서 묵묵히 아무런 말도 하지 않고
있었다.

초초하게 시간을 흘려 보내고 있던 순간이었다.

기절해 있던 한나가 눈을 떴다.

"아앗! '

눈 앞에 보이고 있는 시체들과 로머의 섬뜩한 미소에 한
나의 입에서 놀란 비명이 튀어 나왔다.

한성이 한나의 몸을 붙잡으며 말했다.

"아직 밖으로 나가면 안 된다!"

한나의 시선이 로머와 배리어를 동시에 바라보았다.

기절해 있었지만 어떤 상황인지는 알 수 있었다.

그때였다.

"아앗!"

무언가 크게 생각났다는 듯이 한나는 한쪽을 바라보았다.

자신의 약혼자를 비롯한 부상자들은 아직 배리어 바깥쪽
에 버려진 상황이었다.

한나의 짧은 비명은 무엇을 의미하고 있는지 한성은 충
분히 알 수 있었다.

한성이 눈썹을 찌푸리는 순간이었다.

이 둘의 반응을 건틀릿은 놓치지 않았다.

"오호라."

건틀릿은 무언가 생각이 난 듯이 몸을 일으켰다.

"오호. 깜박 잊었던 것을 깨닫게 해 주었군."

건틀릿의 입가에 미소가 흘렀다.

한나를 한번 바라본 건틀릿은 한성을 향해 말했다.

"흐흐흐 저 모체는 너와 다르게 지켜야 할 것이 있는 것 같군."

무언가 새로운 생각이 떠올랐다는 듯이 곧바로 건틀릿은 부상자들이 있는 쪽을 향해 걷기 시작했다.

"안 돼!"

한나가 비명을 내지르며 밖으로 뛰쳐나가려는 순간이었다.

한성이 그녀의 허리를 붙잡았다.

"죽고 싶지 않다면 움직이지 마라!"

한성의 품 안에서 그녀는 여전히 바동거리고 있었다.

그녀의 움직임에서 자신이 잡지 않는다면 그녀는 밖으로 나갈 거라는 생각이 들었다.

한나를 붙잡은 한성의 손에 힘이 들어갔다.

한성에게 붙잡힌 채 한나는 로머를 바라보고 있을 수 밖에 없었다.

로머는 천천히 부상자들 그리고 자신의 약혼자가 있는 쪽으로 걸어가고 있었다.

아티팩트에서 멀지 않은 곳에 모여 있던 부상자들은 어느새 모두 한성과 한나의 눈 앞에 모여 있었다.

물건을 다루듯이 부상자들을 집어 온 건틀릿은 나란히 한 줄로 부상자들을 세워 두었다.

한나의 시선은 끌려온 부상자들 중에 앞을 보지 못하고 있는 사내에게 향하고 있었다.

총 네명의 부상자들 중에 눈을 다친 부상자가 바로 한나의 약혼자인 용훈이었다.

"자아, 어떤 놈이 지켜야할 물건이지?"

건틀릿은 겁에 질려 있는 부상자들의 목에 일일이 검날을 들이대며 한나의 표정을 살폈다.

한나는 표정을 감추는 법을 몰랐다.

약혼자인 용훈의 목에 검날이 닿는 순간 한나의 표정은 얼어붙은 듯이 창백해졌다.

"이 놈이 지켜야할 물건이군."

건틀릿은 무언가 계획했다는 듯이 한성에게 시선을 옮겼다.

"이들 모두를 죽인다 하더라도 나오지 않겠지? 그럼 끌어내 주지."

불길한 기운이 감도는 순간이었다.

곧바로 헌터들 중 가장 심한 부상을 입고 있는 헌터 한명을 본 건틀릿이 말했다.

"쯧쯧, 이건 너무 심해서 치료가 불가하군. 쓸모없으니 죽고!"

검날이 움직이는 것과 동시에 움직일 수 없었던 헌터는

그대로 죽어 버리고 말았다.

의식이 없는 상황에서 죽어버린 것은 그나마 다행일지도 몰랐다.

건틀릿의 의도대로 바로 옆에서 튀어 오르는 붉은 피는 의식이 있는 부상자들에게 압박감을 가하고 있었다.

이제 남은 부상자 숫자는 세 명.

앞을 보지 못하는 용훈을 비롯하여 움직일 수 없는 두 명이 있었는데 두 명중 한명은 여자였다.

"이 모체는 남겨두어야 하니까."

곧바로 건틀릿의 손이 여자 헌터의 목을 잡는 순간 그대로 여자 헌터는 기절해 버리고 말았다.

여자 헌터를 기절 시킨 건틀릿의 시선은 용훈에게로 향했다.

"넌 마지막 카드."

곧바로 마지막으로 시선을 돌린 건틀릿은 전혀 움직이지 못하고 있는 남자 헌터에게 다가갔다.

"으으으……."

중한 부상을 입고 있는 남자 헌터 역시 곧 죽어갈 것 같이 움직이지도 못하고 있었는데 다가오는 건틀릿에게 아무런 저항조차 하지 못하고 있었다.

당장이라도 자신을 죽일 거라 생각했는데 건틀릿은 의외의 행동을 보였다.

건틀릿은 무언가를 자신의 인벤토리에서 꺼냈다.

하얀색 물병 같이 생긴 액체가 보였는데 순간 한성은 물건의 정체를 깨달았다.

'하급 정수? 아니다! 상급이다!'

건틀릿이 꺼내 든 것은 무기가 아니라 치료를 할 수 있는 상급 정수였다.

현재 지하 던전에서 나올 수 있는 최고의 고가 치료제인 상급 정수가 보이고 있는 가운데 의외의 일이 벌어졌다.

부상자를 향해 건틀릿은 상급 정수를 사용하기 시작했다.

"마셔라."

하급 정수와는 비교할 수 없을 정도로 뛰어난 치료력을 가지고 있는 상급 정수였다.

30층부터 출현하는 상급 정수는 30층 이상의 던전이라 하더라도 구하기 쉽지 않은 정수였는데 어찌된 일인지 건틀릿은 부상자를 치료해 주고 있었다.

제대로 움직이지도 못하고 있던 헌터의 몸이 움직이기 시작했다.

입안으로 정수를 넣어 주고 있던 건틀릿의 손이 멈추었다.

"이 정도만!"

완치는 시키지 않겠다는 듯이 건틀릿은 일정량만을 사용하고 있었다.

상급 정수의 능력을 말해 준다는 듯이 적은 량에도 불구하고 부상자들에게는 확연한 변화가 일어났다.

부상당한 헌터는 손가락 하나 움직일 수도 없는 상황이었는데 상급 정수의 치료를 받자 어느 정도 움직일 수 있는 체력을 갖추었다.

건틀릿의 알 수 없는 행동을 보던 한성의 눈썹이 꿈틀거렸다.

'설마?'

당연히 건틀릿이 선의를 가지고 헌터들을 치료해 준다고는 생각할 수 없었다.

쓰러져 있는 헌터들에게 속삭이는 건틀릿의 목소리가 한성과 한나에게 까지 들려왔다.

"잘 봐라. 저 초록빛의 배리어 안에 들어가면 살 수 있다. 저 두 놈 년들은 지금 안전지대에서 널 버리고 있어. 저 안으로 들어가면 집으로 돌아갈 수 있다. 근데 공간이 좁으니 알아서 비집고 들어가도록!"

정신이 없는 상황에서도 집으로 돌아갈 수 있다는 말은 헌터의 귀에 박히고 있었다.

건틀릿이 말했다.

"그러니까. 기어가!"

한성의 머리가 빠르게 움직이기 시작했다.

몬스터는 배리어 안으로 들어갈 수 없었지만 인간들은 들어갈 수 있었다.

'들어올 때 배리어의 틈을 노리는 건가? 아니 틈이라고는 없을 텐데?'

44 **회귀의
절대자** 3

인간들이 배리어 안으로 들어올 때 배리어는 들어오는 인간의 체형만큼 사라지기는 했지만 그 외의 틈은 존재하지 않았다.

짧은 틈이라도 생기면 검날을 던져 넣을 수 있을지 몰라도 분명 배리어에 틈은 존재하지 않았다.

한성이 의아한 생각을 가지고 있던 그 때였다.

다리에 부상을 입은 헌터는 팔로 몸을 끌다시피 하며 기어오기 시작했다.

'아!'

기어오고 있는 헌터의 모습에서 한성은 건틀릿의 의도를 읽어냈다.

기어오고 있는 헌터는 자신이 건틀릿의 계획에 이용당하는 지도 모르고 있었다.

배리어 안의 공간이 충분하지 않다는 사실도 자신이 배리어 들어가기 위해서는 누군가 밖으로 나와야 한다는 사실도 생사의 기로에 놓여 있는 헌터에게는 보이지 않고 있었다.

헌터의 머릿속으로는 저 안에 들어가면 살 수 있다는 생각 밖에 없었다.

"살, 살려줘!"

다리를 쓰지 못한 채 두 팔만을 사용해서 기어오는 모습은 보기에도 처참했는데 한나와 한성을 향해 기어 오고 있는 헌터의 뒤로 건틀릿은 천천히 따라오고 있었다.

한성의 시선은 건틀릿에게 향했다.

의도는 충분히 전해져 왔다.

이 좁은 공간에서 일어서지도 못하는 헌터를 배리어 안으로 들어오게 하기 위해서는 한나와 자신이 동시에 사내의 몸을 들어 올리는 방법 밖에 없었다.

사내의 몸을 들어 올리기 위해서는 반드시 자신과 한나의 몸이 배리어 밖으로 나갈 수 밖에 없었다.

건틀릿이 노리는 것은 한성과 한나의 몸이 배리어 밖으로 나오는 순간이었다.

이런 건틀릿의 의도를 모르는 듯이 부상당한 헌터는 땅바닥을 기면서 다가오고 있었다.

벌레처럼 꿈틀 거리며 기어오는 헌터에게 피할 공간은 없었다.

헌터는 팔을 뻗으며 힘겹게 말했다.

"사, 살려줘!"

피할 수도 없었고 안으로 들어오게 할 수도 없었다.

10Cm의 얇은 배리어를 사이에 두고 생과 사는 구분되어지고 있었다.

배리어 바로 앞까지 다가온 헌터를 향해 한성이 소리쳤다.

"멈춰라! 이용당하는 거다!"

한성이 소리쳤지만 사내의 귀에는 들려오지 않고 있었다.

오히려 건틀릿의 목소리가 구원의 목소리처럼 들려왔다.

"잡아! 놓치지 않으면 살 수 있다!"

살 수 있다는 말은 그대로 헌터의 몸을 반응하게 했다.

기어오던 헌터의 손이 한성의 다리를 붙잡는 순간이었다.

"아앗!"

기어가고 있던 헌터의 다리를 건틀릿은 그대로 잡아 당겼다.

헌터의 몸이 낚싯대였고 한성의 다리를 붙잡은 손이 바늘이었다.

헌터의 몸이 건틀릿에게 이끌려 지는 것과 동시에 한성의 몸 역시 배리어 밖으로 끌어 당겨지고 있었다.

자신의 몸이 끌려 나가려는 순간이었다.

한성의 검이 벼락같이 떨어져 왔다.

한성의 검은 그대로 자신의 다리를 붙잡고 있던 사내의 팔을 잘라 버렸다.

"크아아아!"

"쳇! 하지만 작전 성공!"

고기를 잡은 낚시 줄이 끊어진 것처럼 건틀릿의 낭패했다는 소리가 헌터의 비명과 동시에 울려 퍼졌다.

팔을 잃은 사내는 비명을 내지르며 땅바닥에서 뒹굴고 있었다.

"으아아아! 으아아아!"

부러진 낚싯대는 쓸모가 없었다.

"시끄럽다! 네 놈의 역할은 끝이다!"

건틀릿의 검날은 그대로 팔을 잃은 헌터의 목을 베어버렸다.

더 이상 비명 소리는 들려오지 않고 있었다.

놀란 한나의 숨소리가 곁에서 들려오고 있었지만 한성은 검을 꺼낸 채로 건틀릿에게서 시선을 놓치 않고 있었다.

'머리가 상당히 좋다! 도저히 몬스터라고 생각할 수 없다!'

배리어 안으로 들어왔을 때만 하더라도 살았다는 생각이 들었는데 인질들이 남아 있는 이상 조금의 방심도 할 수 없었다.

'이제 마지막 한명! 더군다나 저 자는 한나의 약혼자다.'

이제 남아 있는 헌터들 중 남자 헌터는 한나의 약혼자 밖에 없었다.

동시에 두 명의 헌터를 사용하지 않고 남겨 두었다는 것은 다른 계획을 가지고 있다는 것을 의미했다.

한성의 예상대로였다.

건틀릿은 한나를 향해 말했다.

"히히히. 저 놈 보았지? 자기가 살기 위해서는 동료도 서슴지 않고 베는 놈이다!"

조금 전 죽은 헌터의 역할은 단순히 낚시대 만이 아니었다.

건틀릿은 마지막 카드를 사용하겠다는 듯이 용훈에게 다가갔다.

어쩔 줄 모르고 있는 용훈을 본 건틀릿이 말했다.

"눈을 다쳤군."

곧바로 상급 정수를 눈에 뿌렸다.

정수가 눈 속으로 파고드는 것과 동시에 서서히 주변이 보이기 시작했다.

주위를 두리번 거리고 있던 용훈의 눈에 한나의 모습이 들어왔다.

"한나! 우욱!"

순간 건틀릿은 용훈의 한쪽 팔을 뒤로 비틀며 목에 검날을 가져갔다.

"자아 이 놈도 낚시대로 사용해 보고 싶은데? 또 죽겠지?"

건틀릿의 시선은 한나를 향하고 있었다.

"이건 너한테 소중한 물건이잖아. 죽이기 싫지? 그럼 네 옆에 있는 놈을 배리어 밖으로 밀쳐 내!"

건틀릿의 말이 끝나는 순간 한성의 검이 한나의 목에 닿았다.

"쓸데없는 생각하지 마라!"

이 모습을 본 건틀릿은 고개를 흔들었다.

"아! 이런 이런! 내가 이 생각은 하지 못했군. 그럼 이 자는 더 이상 쓸모가 없는데?"

건틀릿은 검날을 살짝 용훈의 목에 가져다 그었다.

붉은 피가 흘러내리고 있는 가운데 건틀릿이 말했다.

"자아. 이제 죽인다. 어떻게 할래?"

한나는 한성을 향해 울부짖었다.

"당장 구해요!"

한나의 외침에도 한성은 검을 든 채 움직이지 않고 있었다.

외형은 전혀 달랐지만 건틀릿의 모습에서 에솔릿이 떠올라왔다.

생존도에서 자신은 무모하게 에솔릿에게 달려들었었다.

모두가 죽게 되었던 그 상황이 다시 반복되어지고 있었다.

이미 반쯤 이성을 잃어버린 한나와는 다르게 한성이 냉정함을 지키고 있자 건틀릿이 말했다.

"좋아, 좋아. 자신의 목숨은 그 무엇보다도 소중하니까 지켜야 할 물건도 아닌데 목숨을 낭비할 필요는 없겠지. 냉정함과 침착함까지 다 갖추었어. 훌륭하다고 칭찬해 주지."

건틀릿은 한성을 포기했다는 듯이 말하고 있었다.

"이제 네 놈에게 볼일은 없다. 배리어 안에서 숨어 있다가 꺼지도록!"

건틀릿은 한성에게 관심 없다는 듯이 한나에게 시선을 돌렸다.

건틀릿이 말했다.

"거기 여자 헌터. 똑똑히 들어라. 당장 거기서 나와라. 그러면 이 놈을 살려 주마. 우리에게는 모체가 필요하다. 물물교환이라고 해 주지."

한성에게 볼 일이 없다고 말했지만 한성은 건틀릿에게 시선을 유지한 채 말했다.

"속임수다."

건틀릿이 냉소를 머금으며 말했다.

"아니야, 아니야. 속임수가 아니라고. 자 보라고."

곧바로 건틀릿은 자신의 몸을 용훈의 등에 바짝 밀착 시킨 채 용훈의 몸을 앞쪽으로 서서히 밀기 시작했다.

"이 녀석을 집어넣어 줄 테니 나오라고. 아무리 나의 속 공이 빠르다고 해도 이렇게 짧은 시간에 둘을 잡을 수는 없 잖아? 둘 중 한명은 살려 줄 거야."

어느새 배리어 바짝 앞으로 용훈의 몸을 밀어붙인 건틀 릿이 한나를 바라보며 말했다.

"자, 이제 나와 보라고. 이렇게 가까이 까지 데려다 주었 잖아. 나오는 순간 이자는 놓아 줄 테니까 말이야. 이 거리 에서 배리어 안으로 달아나는 것을 막을 수는 없잖아?"

"아······."

용훈의 기어들갈듯한 목소리가 들려왔다.

"나… 나오지 마."

"아이 씨! 방해하지 마라! 네 놈은 살려 준다니까!"

순간 한성은 무언가 이상하다는 것을 느꼈다.

용훈과 몸을 겹치다시피 하면서 다가오고 있는 건틀릿은 배리어 앞으로 가까이 와도 너무나 가까이 왔다.

건틀릿의 말처럼 놓아주는 거라면 이렇게 까지 건틀릿이 그의 몸을 붙이며 다가올 리가 없었다.

더군다나 한나와 교환을 한다면 분명 용훈의 몸을 한나 쪽을 향해야 했는데 이상하게 건틀릿은 용훈의 몸을 자신이 있는 쪽으로 향하게 하고 있었다.

지금 용훈의 몸은 자신이 서 있는 몸과 일직선으로 있었는데 용훈의 몸에 가린 탓에 건틀릿의 움직임은 전혀 보이지 않고 있었다.

'으음?'

순간 한성의 머릿속으로 한 생각이 스치고 지나갔다.

몬스터와 몬스터의 공격은 아무리 강한 공격이라 하더라도 결코 배리어를 뚫을 수 없었다.

하지만 인간의 몸이 배리어 안으로 들어가는 순간에는 배리어는 인간의 몸을 감싸지 않았다.

즉 용훈의 몸을 배리어 속으로 통과시키는 순간 그의 몸을 뚫어서 검날을 집어넣을 수는 있었다.

배리어의 두께는 겨우 10cm.

용훈의 몸이 배리어를 통과하는 순간 용훈의 몸과 함께 검날을 찔러 넣는다면 한성까지는 충분히 닿을 수 있었다.

'나를 노리고 있다!'

한나를 노리겠다고 한 말은 한성의 시선을 돌리기 위한 거짓말이었다.

한성의 예측이 맞았다.

건틀릿은 모체를 놓치는 한이 있다 하더라도 한성만큼은 잡을 생각이었다.

지금 이곳에서 피할 공간이라고는 없었다.

배리어에 용훈의 몸이 진입하는 순간이었다.

"허억!"

비명과 함께 순간적으로 용훈의 몸이 정지되어 버렸다.

용훈의 등 쪽에서 날카로운 무언가가 그의 몸을 파고들었다.

용훈의 복부를 통과한 검날이 한성을 향해 뻗어가려는 순간이었다.

위기를 직감한 순간 본능이 먼저 작동했다.

한성의 검에서 화염이 일어났다.

'폭렬!'

화르르르릇!

검에서 화염이 뿜어져 나오며 한성은 그대로 용훈의 몸을 내리쳤다.

불길과 함께 화염이 용훈의 몸을 휘감으며 그의 몸은 한나의 눈 앞에서 갈기갈기 찢어져 버리고 있었다.

"이크크!"

예상대로 용훈의 등에는 건틀릿의 검날이 꽂혀 있었다.

화염에 휩싸인 용훈의 몸을 내버린 채 건틀릿은 뒤로 물러나 버렸다.

자신의 계획이 실패했다는 것을 알고 있었지만 뒤로 물러서면서도 건틀릿의 시선은 한나에게로 향하고 있었다.

"꺄아아아악!"

비명을 내지른 한나가 눈 앞에서 불길에 휘말려 쓰러진 용훈을 잡으려는 순간이었다.

한성의 수도가 한나의 뒷목을 내리쳤다.

"아!"

가벼운 신음을 흘린 한나는 그대로 기절해 버리고 말았다.

한나를 붙잡으려 다가갔었던 건틀릿은 아쉬운 표정을 지으며 제 자리에 멈추어 섰다.

"쳇!"

이제 더는 한성을 끌어낼 방법이 없었다.

마침내 지옥같은 시간이 끝나가고 있었다.

초록빛 배리어는 물결을 치 듯이 아티팩트 주변으로 퍼지고 있었고 아티팩트 안쪽으로는 돌아다닐 만한 공간까지 마련된 상황이었다.

[아티팩트 작동 5분 전!]

한나는 여전히 기절해 있는 상황이었다.

건틀릿 역시 포기한 듯이 보였는데 한성은 말없이 그의 시선을 응시하고 있었다.

그때였다.

한쪽에서 도우미가 모습을 드러내고 있었다.

서서히 다가온 도우미는 한성을 바라보며 놀란 눈으로 중얼거렸다.

"정말 살았군. 어찌 이런 일이!"

믿을 수 없다는 듯이 도우미는 고개를 흔들고 있었다.

30층 던전에 처음 입장을 한 헌터들 중 단 한명도 살아 돌아간 자는 없었다.

건틀릿이 도우미에게 한성을 가리키며 말했다.

"이 놈이 우리의 계획을 틀었다. 계획 변경이다. 나는 각성 후 천상계의 던전으로 가겠다. 그 곳에서 인간들을 향해 분풀이를 하겠다."

냉정함을 잃지 않았던 건틀릿이 이렇게까지 말하자 도우미는 고개를 흔들었다.

"단단히 화가 났구려."

내색하지 않고 있었지만 한성은 속으로 놀라고 있었다.

몬스터가 각성을 할 수 있다는 사실은 처음 듣는 말이었다.

각성이라는 것은 인간들이 특수 능력을 얻을 때나 사용하는 말이었는데 몬스터가 스스로 각성을 하겠다는 것은 회귀 전에도 알지 못했던 사실이었다.

건틀릿은 한성이 듣고 있다는 것에 아랑곳 하지 않는다는 듯이 도우미를 향해 말했다.

"캐논 플라워가 제거되었고 헌터를 놓쳤으니 우리의 임무는 이곳에서 끝이다. 보스와 함께 이동하겠다."

도우미가 고개를 끄덕이며 말했다.

"이제 천상계의 새로운 던전이 열리는군요. 예상보다 훨씬 더 빠르게 진행이 되어 버렸군요. 이 자 때문인가?"

도우미의 시선이 한성에게 향하며 말했다.

"허허허. 알 수 없는 인간 하나 때문에 흐름이 이렇게 바뀌어 버리다니. 천상계에서도 어떤 일이 일어날지 기대 아닌 기대가 되어 버리는군요."

도우미는 더 이상 한성에게 할 말이 없다는 듯이 몸을 돌리며 건틀릿에게 말했다.

"그럼 이제 이동합시다. 할당량을 채우지는 못했지만 규칙은 규칙이니까."

그 순간 한성은 깨달았다.

회귀 전에도 30층의 보스는 잡은 것이 아니었다.

다른 나라의 30층 보스 역시 인간들은 잡은 것이 아니었다.

30층의 보스는 스스로 사라진 것이었다.

건틀릿은 한성을 노려보며 말했다.

"잘 들어라. 나는 이제 보스와 함께 천상계로 갈 것이다. 그곳에서 네 동족들을 학살해 주마."

저주하듯이 들려오는 건틀릿의 목소리에 이어 기계음이 울렸다.

[10초 후 아티팩트 작동합니다. 10, 9, 8….]

카운트 다운을 시작하는 기계음이 흐르는 가운데 건틀릿이 마지막으로 말했다.

"너, 천상계로 와라. 기다리고 있겠다."

한성은 건틀릿을 노려보며 말했다.

"기다려라. 네 놈은 찢어 죽여주겠다."

서로 노려보는 두 사내 사이에서 불꽃이 튀는 순간 기계음이 울려 퍼졌다.

[아티팩트 발동합니다!]

초록색 마나기운이 파도처럼 출렁거리기 시작했다.

주변이 흔들려 보이는 가운데 어느새 수풀은 사라지고 현대식 건물이 눈에 들어오고 있었다.

주변에 모여 있는 사람들의 모습이 흔들리고 있었고 웅성웅성 거리는 소리가 들려왔다.

처음 출전을 했을 때의 공간이 보이며 긴장감이 풀려 왔다.

희미하고 보이고 있던 사람들의 모습이 보이는 가운데 누군가의 외침이 들려왔다.

"돌아왔다!"

인간의 외침이 들려오는 순간 그제야 현실로 돌아왔다는 생각이 들었다.

2. 불편함은 거짓된 진실을 만든다.

XII

회귀의 절대자

2. 불편함은 거짓된 진실을 만든다.

며칠 후.

대한민국은 단번에 던전 30층을 돌파해 버렸다.

다른 나라들이 그토록 애를 먹었던 30층은 더 이상 마의 벽이 아니었다.

캐논 플라워도 없고 아티팩트의 파괴도 없었다.

그토록 악마 같았던 로머들은 존재하지 않았고 도우미도 없었다.

건틀릿은 사라졌고 던전 보스 역시 사라진 상황이었다.

과거의 기억처럼 난쟁이 같은 로머들 만이 의미 없는 행동을 하고 있을 뿐이었다.

그토록 비참했었던 던전이라고는 그 누구도 믿을 수

없었다.

악마와 같았던 존재들이 사라진 던전 30층은 말 그대로 무한한 자원을 주는 보물 던전 그 이상도 그 이하도 아니었다.

뉴스에서는 대한민국이 던전 30층을 돌파했다는 사실에 흥분을 감추지 못하고 있었다.

"미국, 중국 이후로 대한민국이 세계 3번째로 던전 30층을 돌파했습니다. 그 어느 나라보다도 단 시간에 30층을 정복한 사실은 대한민국과 12지역구의 자랑이 아닐 수 없습니다."

물론 언론은 진실을 말하지 않았다.

모든 시선은 던전 30층을 돌파했다는 사실에만 집중되어 있었을 뿐 그 과정과 희생은 개의치 않고 있었다.

대한민국 역시 다른 나라와 같았다.

정부는 인류가 충격을 받을까 인간 형상의 몬스터가 있다는 사실과 던전의 보스 몬스터가 여자를 모체로 수집 했다는 사실은 철저히 숨겼다.

미국과 중국처럼 보스 몬스터를 잡지도 못했지만 언론과 정부에서는 국민들이 받을 충격에 로머의 정체와 여자 헌터를 모체로 수집했다는 사실을 숨겼다.

사람들은 불편한 진실을 알기 원하지 않았다.

국민들에게 던전의 몬스터는 큰 관심사가 아니었다.

국민들의 관심사는 포상금.

포돌스키는 약속대로 대한민국 전 가구에게 1억씩 지급을 했다.

달콤한 열매를 맛 본 대한민국은 축제의 분위기로 한껏 달아오르고 있었다.

던전 밖의 세상에서 축제가 벌어지고 있는 가운데 던전 안에서는 보물 캐기가 한참이었다.

지금까지와는 차원이 다른 30층에서 획득할 수 있는 자원은 상상을 초월했고 헌터들은 밤낮을 가리지 않으며 자원획득에 열을 올리고 있었다.

모두가 자원 획득에 열을 올리고 있는 가운데 한성만큼은 홀로 레벨업에 집중하고 있었다.

한성의 귀에 기계음이 울렸다.

[레벨업! 레벨업! 레벨 50달성!]

간단한 조사와 치료가 끝난 후 한성은 곧바로 탐험조에 참가하여 던전으로 돌아왔다.

던전의 생존자인 한성에게 나라에서는 파격적인 대우를 해 주었다.

한성의 등급은 순식간에 6급으로 뛰어 올랐으며 한성의 가슴에는 상위 랭커임을 알리는 별이 하나 달려 있었다.

한성은 생존도부터 시작해서 아무런 인맥 없이 최단기간에 별을 단 유일한 인물이 되었다.

탐색조에서 말단으로 들어왔었던 한성은 탐험조에서 리더 역할을 맡게 되었다.

이미 모든 위험 지역들을 알고 있었으니 한성은 헌터들로 하여금 자원을 채취하게 했고 자신은 레벨업을 했던 장소로 돌아와 정신없이 레벨업에 힘을 쏟았다.

아직까지 붉은 인삼의 효과와 사냥터를 제대로 아는 헌터들은 없었다.

한성은 붉은 인삼을 독점하다 시피하며 섭취하였고 며칠 만에 한성의 레벨은 현재 던전에서 달성할 수 있는 최고 레벨인 50을 달성하였다.

만렙을 달성한 한성은 검을 내려놓았다.

'지하 던전에서 더 이상의 레벨업은 불가능하다.'

일차 목표였던 상급 강화석의 확보와 레벨업은 이제 달성하였다.

목표를 달성하기는 했지만 의도하지 않았던 부분도 있었다.

원래의 계획은 던전에서 상급 강화석을 비롯한 아이템만을 챙기고 다른 헌터들과 함께 돌아올 생각이었지만 알지 못했던 로머의 습격 탓에 예상과는 완전히 다른 결과가 만들어져 버렸다.

불과 며칠 전만 하더라도 일개 헌터에 불과 했던 자신은 현실 세계에서는 영웅이 되어 있었다.

영웅이 되어 버렸지만 한성의 계획에는 변함이 없었다.

곧 천상계에서 새로운 던전이 열린다는 사실을 한성은 알고 있었다.

그때까지는 약간의 시간이 있었고 대혁명에 동참하기 위해서 한성은 최대한의 무기 확보와 동료를 모집할 생각이었다.

자신과 함께 살아 돌아간 한나는 아직까지 병원에서 치료를 받고 있었다.

한나의 성격으로 보아 있는 그대로 사실을 말했을 것이 분명했다.

진실은 통하지 않았다.

그녀가 아무리 진실을 말한다 하더라도 있는 그대로 국민들에게 알릴 수는 없었다.

자신은 철저하게 동료들을 구하기 위해 목숨을 던지며 싸운 헌터로 묘사 되었고 한편의 드라마가 완성되었다.

자신은 배리어 안에서 학살당하는 동료들의 모습을 보고만 있었다.

어쩔 수 없는 상황이었다 하더라도 분명 자신이 나서지 못한 것은 사실이었다.

하지만 사실과 현실은 달랐다.

영웅 만들기를 좋아하는 포돌스키의 영향 탓인지 본의 아니게 자신은 동료 한나를 구한 영웅이 되어 버렸다.

동료들을 버린 자신의 얘기는 어디에도 없었고 모든 자신의 행동은 미화되었으며 한나는 약혼자를 잃을 비운의 여자 주인공이 되었고 자신은 무용담의 주인공이 되어 버렸다.

국가에서는 한성과 한나를 홍보 수단으로 사용하고 있었고 순식간에 한성은 대한민국뿐이 아닌 세상의 집중을 받게 되었다.

최고에게는 최고의 대우를 해 준다는 포돌스키의 공약은 그대로 지켜졌다.

100억이 넘는 포상금과 고급 자동차, 그리고 한강이 내려다보이는 고가의 펜트하우스가 제공되었지만 절대자와의 본격적인 대결을 앞두고 있는 한성 입장으로는 반가운 일은 아니었다.

❖

대한민국의 늦은 밤.

인천의 카지노 리조트.

늦은 새벽이었지만 카지노는 사람들로 북적이고 있었다.

포돌스키가 각 가구당 지급한 돈 1억은 사회 전체뿐만 아니라 도박장에도 활기를 불어넣고 있었다.

외국인과 각성자들만이 출입이 가능한 도박장의 화려한 불빛 아래에서 술에 취한 한성은 비틀거리고 있었다.

"어머 오빠 조심해!"

당장이라도 엎어질 것 같은 한성의 모습에 양 쪽에서 두 명의 아가씨가 한성의 몸을 부축했다.

술 냄새를 풍기며 한성이 말했다.

"하하하! 괜찮아! 괜찮아!"

지금 한성은 양 옆으로 미모의 아가씨 두 명을 끼고 있었다.

모델을 연상케 하는 늘씬하고 풍만한 체형의 여자 두 명을 껴안다 시피 하며 도박장을 누비고 있는 한성에게 부러움과 한심함이 교차되는 시선이 쏟아지고 있었다.

도박에 열중해야 할 상황에서도 도박장에 있는 사람들은 한성을 바라보며 수군거리고 있었다.

"뭐야 저놈?"

"뭔데 며칠 전부터 갑자기 나타나 돈 뿌리는 거야? 재벌이야?"

"헌터래요."

"헌터가 던전에 있어야지 왜 도박장에 있는 거야?"

"헌터 중에서도 상급 헌터라나요? 이번 30층 던전에서 살아남은 헌터래요."

"쯧쯧쯧. 역시 인성은 실력과 비례하지 않는다니까."

"저 여자는 연예인 서주희 아니야? 성상납 스캔들 나고 TV에서 사라지더니 이 짓하고 있네. 근데 예쁘다."

이런 주변의 시선에는 아랑곳 하지 않는다는 듯이 한성은 양 옆의 아가씨들을 자랑하듯이 뽐내며 도박장 안을 휘젓고 있었다.

두 명의 여자는 한성의 품에 달라붙어 있었는데 그들의 눈 앞에는 룰렛이 바쁘게 돌아가고 있었다.

한성은 곁에 있던 여자들에게 칩을 건네며 말했다.

"해볼래? 이기면 딴 돈 모조리 주마!"

한성은 한 개에 천만원 짜리 칩 수 십 개를 두 명의 여자에게 나누어 주었다.

여자들의 눈은 휘둥그레졌다.

"오빠! 정말?"

곧바로 여자들은 각자 자신이 원하는 번호 위에 칩들을 흩어놓기 시작했다.

빙글빙글 돌아가는 숫자판을 향해 딜러는 들고 있던 구슬을 던지기 시작했다.

"시작합니다."

번호가 적혀 있는 숫자판이 빠르게 돌고 있는 가운데 회전 하는 숫자판 보다는 정작 한성의 시선은 카드가 아닌 양 옆의 여자들에게 향하고 있었다.

타인에게 자랑을 하려는 듯이 한성의 양 손은 아가씨의 몸을 쓰다듬고 있었는데 아가씨들의 시선은 온통 숫자판 위를 튕겨 다니고 있는 구슬에게 향하고 있었다.

당연하게도 구슬은 원하는 번호를 빗나가고 있었다.

"에이!"

"아이!"

여자들의 아쉬운 탄식이 들려왔다.

"아! 그냥 홀짝에나 걸걸."

순식간에 수천만 원이 넘는 돈을 날려 버렸지만 한성은 웃으며 양 옆의 여자 엉덩이를 토닥거려 주었다.

"괜찮아. 괜찮아. 카드에서 따면 그만이지."

주위를 둘러 보고 있던 한성이 한쪽 테이블을 가리키며

말했다.

"오, 저 딜러 예쁘네. 저곳에서 하지."

곧바로 한성은 옆 자리의 카드 테이블로 자리를 옮겼다.

한성이 자리에 앉자 마자 한 개에 일억 짜리 칩 열 개를 동시에 올려 놓았다.

VVIP 블랙잭 테이블을 독점하다시피 하면서 한성은 돈 자랑을 하듯이 도박 칩 들을 쏟아 붓듯이 쌓고 있었다.

한성의 태도에 당황한 여자 딜러가 말했다.

"한판에 최대 배팅은 1억 까지입니다."

"그래? 그럼 이 테이블 전체를 내가 나누어 하지."

한성은 여섯 개의 배팅에 모두 일억씩 걸기 시작했다.

순식간에 6억이라는 판돈이 쌓이고 여자 딜러의 손이 바쁘게 움직이기 시작했다.

카드들이 펼쳐지며 숫자들이 보이고 있었지만 한성의 시선은 카드가 아닌 여자 딜러에게 향하고 있었다.

"아가씨 참 예쁜데 어디서 사나? 나 오늘 위층 호텔에서 자고 갈 건데 올래?"

여자 딜러는 시선을 피하고 있었는데 한성의 곁에 있던 여자가 말했다.

"어머? 양 옆에 둘이나 있는데 또 여자한테 치근덕거리네? 깔깔깔!"

"세 명 정도는 거뜬하지. 하하하!"

한성의 눈은 슬쩍 한쪽으로 향했다.

술에 취한 상황에서도 순간적으로 눈빛만큼은 날카롭게 빛나고 있었다.

한쪽 구석에서 자신을 훔쳐보고 있는 설수아의 모습이 보이고 있었다.

'아직도 감시하나?'

새벽에 2시가 가까운 시간이었지만 그녀는 아직까지 자신을 감시하고 있었다.

각성자로서 4급 이상이 되려면 실력은 기본이고 됨됨이까지 오랜 시간에 걸쳐서 평가 받아야 했다.

5급과 6급은 비밀리에 평가를 받게 되는 기간이었는데 사생활 평가를 하는 자가 바로 자신의 비서인 수아였다.

비서로 있는 미모의 아가씨가 평가할 거라고는 헌터들 대부분이 눈치 채지 못했는데 과거 경험을 해 보았던 한성은 이 사실을 미리 알고 있었다.

물론 악행을 많이 한다고 인성 평가가 내려가는 것은 아니었다.

오히려 합법적인 선에서 악행을 저지르는 자가 관리자로서는 더 적합했고 실제로 관리자들 대부분의 인성은 인덕을 갖춘 쪽 보다는 냉정한 쪽이 더 많았다.

포돌스키 같은 총 대표 관리자는 선한 역할을 하게 했고 상대적으로 눈에 덜 보이는 하급 관리자들은 악역을 하는 역할을 맡았으니 관리자 평가 시 인품에서는 악역에 더 어울리는 자를 선호하는 것이 당연할지 몰랐다.

다만 용납되지 않는 것이 세 개 있었는데 그게 바로 술과 여자, 그리고 도박이었다.

가뜩이나 자신에게 시선이 집중되어 있는 상황에서 조금이라도 시선을 덜 받게 하려면 의도적으로 이런 모습을 보여줄 수 밖에 없었다.

한성의 의도는 어느 정도 적중되었다.

멀리서 한성을 살펴보고 있던 설수아는 고개를 흔들었다.

한성이 30층에서 살아 돌아왔을 때 수아는 한성이 대단하다고 생각했지만 던전에서와는 달리 사회에서 그의 행동은 쓰레기나 다름없었다.

순식간에 테이블에서 칩을 탕진한 한성은 양쪽의 여자를 껴안으며 몸을 일으켰다.

호텔 객실로 향하는 한성의 모습을 본 수아는 그제야 몸을 돌려 카지노 밖으로 나왔다.

주변에 아무도 없음을 확인한 수아는 휴대폰을 들었다.

자신은 일주일에 한 번씩 상부에 보고를 하게 되어 있었다.

상대편의 목소리가 들려왔다.

"보고하라."

수아는 있는 그대로 말했다.

"전과 똑같습니다. 여자와 술, 그리고 도박을 너무 좋아합니다. 지난 일주일 동안 도박으로 날린 돈이 벌써 10억은 넘습니다. 아무리 헌터 실력이 뛰어나다 하더라도 인품이 이렇다면 리더로서의 역할은 할 수 없다고 생각됩니다."

"……."

잠시 아무 말도 들려오지 않던 상대에게서 목소리가 들려왔다.

"수고했다."

❖

다음 날.

던전 30층이 뚫렸으니 다음은 31층이었다.

로머와 던전 보스가 사라져 버렸으니 대한민국은 자동으로 던전 31층에 입장할 수 있는 상황이었다.

31층으로 갈 탐색조가 준비를 시작했고 모두가 다음 던전으로 갈 거라 생각하고 있었지만 뜻밖의 일이 벌어졌다.

던전은 열리지 않고 있었다.

대한민국의 던전 뿐만 아니라 전 세계 모든 던전들이 열리지 않고 있었다.

던전이 열리지 않는다는 것이 무엇을 의미하는지는 알고 있었다.

월드 던전.

던전은 지하계와 천상계로 나뉘어 있었다.

지하계의 던전이 아닌 절대자가 있는 천상계에 또 다른 던전이 나타난 것이다.

　지하계의 던전이 층으로 나누어 분류하는 것과는 다르게 천상계의 던전은 단계로 분류를 했다.

　지하계 던전 10층을 돌파 했을 때 천상계 1단계 던전이 나타났었고 2번째 나라가 20층을 돌파했을 때 2단계 월드 던전이 열렸다.

　대한민국이 3번째로 30층을 돌파하며 3단계의 월드 던전이 나오게 되었다.

　원래대로라면 3단계 월드 던전이 나오는 것은 훨씬 더 후의 일이었지만 한성이 30층을 돌파한 탓인지 월드 던전의 등장 역시 더욱더 앞당겨 졌다.

　전 세계의 모든 뉴스는 똑같은 속보를 전하고 있었다.

　"월드 던전이 나타났습니다!"

　양쪽 던전 모두 스킬북, 아이템, 광물들을 얻을 수 있다는 것은 같았지만 차이점은 있었다.

　먼저 레벨.

　현재 지하계의 던전에서는 최대 올릴 수 있는 레벨이 50이었지만 천상계의 던전에서는 그 이상도 가능했다.

　바꾸어 말한다면 지하계의 던전에서는 아무리 해도 레벨을 51이상은 올릴 수 없다는 것을 의미했다.

　물론 천상계의 던전이 지하계의 던전보다 더 힘든 난이도라는 사실은 당연한 사실이었지만 사실상 최정상의 실력자가 되기 위해서는 천상계의 던전 입장은 필수였다.

또 다른 차이점은 지하계의 던전은 이전 단계를 클리어해야만 다음 단계의 던전으로 넘어갈 수 있었는데 천상계의 던전은 이전 단계와는 상관없이 어떤 국가라 하더라도 입장이 가능했다.

이 점은 어떤 국가에게는 장점이었고 어떤 국가에게는 단점이었다.

각 나라 별로 있는 지하 던전과는 다르게 천상계의 던전은 모든 국가가 공유와 참가를 할 수 있는 던전이었다.

예를 들면 대한민국에서 던전 30층에 입장을 할 경우 다른 나라에서 30층에 입장을 한다 하더라도 헌터들 끼리는 결코 만날 수 없었다.

하지만 천상계의 던전은 달랐다.

천상계는 단 하나의 던전만이 존재했고 어느 나라에서 입장을 하든지 모두가 같은 장소에서 만나게 되었다.

문제는 말이 좋아서 공유이지 실제는 분란의 소지가 가득한 던전이 바로 천상계 던전이었다.

천문학적인 돈이 걸려 있는 던전을 모든 나라들이 공유를 할 수 있었으니 천상계 던전의 소유권을 놓고 전 세계는 다툼 아닌 다툼을 벌어야 하는 상황이었다.

각 지역구의 대표들은 회의를 벌이기 시작했다.

지금까지 천상계에서 열린 두 개의 던전은 12지역구가 공평하게 나누었는데 3단계 부터는 조금 다른 현상이 벌어졌다.

미국, 중국 같이 강대국들이 속한 지역구는 자신들이 타 지역구 보다 더 많은 공로를 세웠으니 당연히 더 많은 소유권을 가져야 한다고 주장하였다.

이를 해결하기 위해 전 지역구의 사도들과 각국의 관리자들이 한자리에 모여서 회의를 시작했다.

대한민국의 관리자인 포돌스키 역시 참가했고 전 세계의 이목은 회의가 열리고 있는 러시아에 집중되고 있었다.

전 세계 국민들의 시선이 쏠려 있는 가운데 한성은 이미 결과를 알고 있었다.

월드 던전이 열린 시기가 앞당겨지기는 했지만 결과는 바뀌지 않을 것이 분명했다.

이번 3단계 월드 던전에서는 12지역구 모두가 참가하여 공을 세운 비율 만큼 던전의 소유권을 갖게 되었다.

그 결과 지금까지 천상계의 던전은 국가 소속의 헌터가 아니면 출입이 금지되었지만 이번 월드 던전부터는 국가 소속의 헌터들 뿐만 아니라 일반 길드의 헌터까지 출입을 허락하게 되었다.

각 지역구 마다 입장이 가능한 숫자는 1000명.

즉 총 12000명의 헌터들이 국가의 부를 위해 월드 던전에 참가하게 되었다.

과거 회귀전 자신은 대한민국 대표로 던전에 참가했었고 이 던전에서 얻은 막대한 스킬과 무기들을 획득하여 인간의 절대자가 되는 위치까지 오르게 되는 발판이 되었었다.

아직 최종 발표까지는 어느 정도 시간이 남아 있었다.

월드 던전이 클리어 되기 전 까지는 지하계의 모든 던전은 잠겨 버렸다.

던전이 닫혔다는 것은 헌터들의 활동공간이 사라졌다는 것을 의미했다.

헌터들에게는 의무휴가가 주어졌고 한성 역시 휴가 신청서를 제출했다.

사유를 적는 난을 본 한성은 쓴웃음을 지었다.

[동료들의 죽음에 대한 충격으로 휴식과 애도의 시간이 필요함.]

사유서 역시 미리 다 준비되어 있었다.

휴가를 원한다는 말 한마디로 모든 준비는 끝났다.

자신은 귀찮게 사유서를 작성할 필요도 없었고 비서가 이미 다 해결을 해 놓은 상황이었다.

김포 공항.

한성은 제주도로 출국할 준비를 하고 있었다.

비행기의 출항 시간은 아직 상당히 남아 있었는데 일찍 온 이유는 따로 있었다.

'오늘이다.'

특별한 변화가 없다면 절대자에게 대항하는 인류의 본격

적인 사건이 곧 발생될 것이다.

수속을 끝낸 한성이 대형 TV가 있는 곳 앞으로 다가가는 순간이었다.

검은 선글라스에 정장을 차려 입은 자가 한성의 앞으로 다가왔다.

"최한성씨 되시죠?"

자신을 알고 있는 사내는 정중하게 인사를 하며 명함을 건넸다.

"피터 리입니다. 제우스 길드의 한국 담당 직원입니다."

제우스 길드.

전 세계적으로 수 많은 길드들이 있었지만 아직까지 대부분의 나라에서는 길드 보다는 국가 소속의 헌터들이 더 실력이 좋았다.

다만 미국에서는 변화가 빠르게 진행되고 있었는데 벌써 국가 소속의 헌터보다 사립 길드들이 더 뛰어난 헌터를 보유하고 있는 상황이었다.

이번 월드 던전에서 국가 소속이 아닌 자들까지 참가가 가능한 것도 미국의 입김이었다.

제우스 길드는 현재 미국에서 가장 강력한 힘을 가지고 있는 길드였는데 아직 본격적인 말을 꺼내지도 않았지만 이들의 의도는 충분히 전해져왔다.

자신이 던전을 뚫은 것에 대한 정보는 벌써 전 세계로 퍼져 나갔다.

제우스 길드는 미국 뿐만 아니라 전 세계의 뛰어난 헌터들을 스카우트했는데 이들은 벌써 자신을 찾아온 것이다.

능숙한 한국어가 들려왔다.

"안녕하십니까! 이제야 인사드립니다. 아시겠지만 우리 쪽에서는 최고의 헌터를 모집합니다. 당연히 대우는 최고 대우고요."

한창 신이 난 듯이 떠들고 있었지만 한성은 쳐다보지도 않고 말했다.

"꺼져라."

제우스 길드는 과거 자신을 배신한 길드 중에 하나였다.

사실 지금 생각해 보면 절대자 아래에서 그 무엇 하나 아쉬울 것이 없었던 길드가 자신과 함께 절대자에게 대항했다는 것이 더 이상했다.

갑작스러운 한성의 냉담함에 사내의 얼굴에는 당황함이 가득했다.

보통 전 세계 헌터들의 로망의 대상이자 최종 정착지가 제우스 길드였는데 어찌된 일인지 이 자는 자신을 냉대하고 있었다.

사내는 말까지 더듬고 있었다.

"아, 지금 당장 오시라는 게 아니고… 아… 그러니까. 저희에게 오시면 미국 시민권 제공은 물론이고 지금 받는 금액 보다 10배 이상은……."

"꺼지란 말 듣지 못했나?"

한성은 한 대 칠 듯이 주먹을 들어 올렸다.

전혀 예상하지 못했던 한성의 태도에 사내는 움찔거리며 뒤로 물러섰다.

"아, 네. 부담 갖지 마시고 연락 바랍니다."

곧바로 사내는 달아나듯이 사라져 갔다.

제우스 길드 역시 절대자와의 싸움에 앞서서 해치워야 할 길드였다.

과거의 불쾌했던 기억에 얼굴을 지푸린 한성은 대형 TV 앞에 놓여 있는 의자에 앉았다.

한성은 시계를 보았다.

2시 40분.

비행기가 떠날 시간 까지는 대략 1시간 가까이 남아 있었고 곧 벌어질 사건은 20분 후에 있었다.

이제 20분 후 미국에서 벌어지는 사건을 확인한 후 한성은 제주도에서 자신의 일을 처리할 생각이었다.

제주도로 떠나는 이유는 세 가지가 있었다.

첫 번째는 던전에서 획득한 아이템의 처리.

던전 30층에서 막대한 양의 강화석과 상급 강화석을 획득했지만 아직 한성은 단 한 개의 강화석도 판매하지 않고 있었다.

다행인지 강화석의 가격은 아직까지는 큰 변동이 없었다.

유니크, 즉 상급 강화석이 30층에서 쏟아진다는 사실을 미국과 중국은 알고 있었다.

다만 대한민국이 그 지역을 찾는데 까지는 시간이 걸릴 거라 생각했는지 중국과 미국은 아직까지 강화석을 풀지 않고 있었다.

이제 곧 강화석의 가격이 폭락할 시점은 다가오니 당장이라도 처분을 해야 했지만 쉽게 처분을 할 수는 없었다.

아이템을 처리하는 방법에서 제일 쉽고 빠른 방법은 경매장.

던전에서 얻은 아이템을 처분하는 곳은 경매장이 있었지만 이 많은 강화석을 한꺼번에 경매장에 올린다는 것은 의심을 사기에 충분한 일이었다.

그 누구라 하더라도 개인이 이처럼 많은 상급 강화석을 가지고 있는 것은 불가능했다.

짧게 소량의 강화석들을 나누어 처분하는 방법이 있었지만 그랬다가는 강화석의 폭락 시기를 피할 수 없을 것이 분명했다.

아이템을 처리하는 다른 방법으로는 정식으로 허가가 나지 않은 헌터 용품점에 판매를 하는 방법도 있었지만 그 역시 쉽지 않았다.

아직 대부분의 헌터들은 알지 못하는 사실이었는데 국가에 소속된 헌터들은 계좌를 비밀리에 감시당하고 있었다.

갑작스럽게 거액의 금액이 들어온다면 의심을 피하려야 피할 수 없었다.

즉 아무리 한성이 많은 돈을 벌 수 있다 하더라도 은행에

넣을 수는 없었다.

한성은 제주도에 있는 한 길드를 통해 비밀리에 강화석을 처분할 생각을 가지고 있었다.

두 번째는 혁명단.

훗날 국가에서는 절대자에게 대항하는 자들을 테러리스트 또는 저항군이라 불렀는데 당사자들은 혁명단이라는 표현을 썼다.

원래 혁명단은 전 세계에서 생존도에서 희생된 가족들 위주로 시작이 되었는데 그 시작은 너무나 미약했다.

전쟁과 기아가 없는 평화로운 세상에서 전 세계 어디라 하더라도 생존도에서 희생된 극소수의 사람들은 결코 대중의 호응을 이끌어 낼 수 없었다.

몇몇 절대자가 숨겨 놓은 비밀들이 드러나고 본격적인 혁명이 시작되는 것은 몇 달 후였는데 그 시작을 알리는 신호탄은 10분 후 미국에서 일어나게 되었다.

이 사건을 계기로 몇 달 후 일어나는 대혁명에 앞서 소규모의 저항들이 세계 곳곳에서 벌어졌는데 대한민국도 예외는 아니었다.

대한민국에서도 국민들이 알지 못했던 사건이 하나 발생하게 되는데 그곳이 바로 제주도였다.

'사건이 일어나는 것은 4월 18일. 내일 모레다.'

제주도의 관리자를 암살하는 시도가 벌어지는 것이 내일 모레였다.

혁명단의 목표물은 제주도의 도지사 라고 할 수 있는 관리자 이명기.

권모술수에 능하고 제주도에서 왕처럼 군림하던 자였는데 이 자가 대한민국 혁명단의 일차 제거 대상이었다.

결과는 처참한 실패였다.

관리자라는 직함은 그냥 얻을 수 있는 직함이 아니었다.

관리자의 실력만 하더라도 뛰어났는데 그의 주위로는 상당수의 실력자들이 경호를 하고 있었다.

아직 각성자들 중에서 혁명단에 가입할 만큼 뛰어난 실력을 가진 자들은 얼마 되지 않았다.

반면 관리자를 비롯하여 경호원 역할을 하는 자들은 각성자 중에서도 상위의 각성자였으니 암살이 실패하는 것은 당연하다면 당연한 일이었다.

제주에서 시작한 혁명단 대부분이 죽음을 맞이하게 되었고 제주도 관리자는 털끝조차 건드리지 못했다.

물론 이 사건은 국민들에게는 알려지지 않았다.

한성은 제주도에서 실패할 암살을 막고 대한민국 혁명단과의 연결 고리를 만들 생각이었다.

마지막 세 번째는 동료였다.

자신의 오른팔이었던 민석이를 찾을 생각이었다.

민석이는 각성의 의무로 부모님이 희생된 이후 혁명단에 가담한 인물이었는데 낼 모레 벌어지는 첫 번째 저항에서 누나와 함께 참가를 했었다.

제주에서 일어난 첫 번째 혁명단의 테러에서 민석이는 생존을 했지만 동료와 누나를 잃게 되었다.

그 후 자신이 길드를 세운 후에 만나게 되어서 끝까지 함께한 인물이었는데 한성은 민석이를 찾을 생각이었다.

아직 제주에서의 기습은 시작되지 않고 있었고 자신이 간다면 제주에 있는 혁명단들이 죽는 것을 막을 수 있을 지도 몰랐다.

한성은 민석이를 비롯하여 제주의 혁명단을 자신의 부하로 만들 생각이었다.

❖

한성은 TV 스크린을 바라보았다.

전 세계에서 가장 많이 방송되는 광고가 보이고 있었다.

평온해 보이는 바다에서 잔잔한 파도가 흔들리고 있었다.

바다로 이어지는 길에는 강이 흐르고 있었는데 화면은 강을 따라 길게 늘어진 강가로 이동하고 있었다.

길게 펼쳐진 강가에서 가족으로 보이는 사람들이 웃으며 작별 인사를 하고 있었다.

할아버지 할머니로 보이는 나이든 노부부는 자식들과 손녀를 안아주며 작별을 하고 있었는데 그 누구도 슬퍼하는 모습은 보이지 않고 있었다.

오히려 헤어짐을 기뻐하는 듯 한 아름다운 이별을 보여주고 있었다.

성우의 목소리가 들려왔다.

"웰빙(well being)의 시대가 지나면 웰 다잉(well dying)의 시대가 옵니다. 행복한 죽음을 맞이하세요."

익숙한 광고인 듯이 스크린 앞을 지나가고 있는 그 누구도 시선을 주고 있지 않았지만 한성은 시선을 고정 시키고 있었다.

화면은 어느새 연구소 모양의 하얀색 방으로 바뀌었다.

온통 사방이 하얀색으로 가득한 곳에는 관처럼 생긴 하얀색 캡슐들이 수백 아니 수천 개가 보이고 있었는데 하얀색 캡슐 속으로 사람들은 하나 둘씩 들어가고 있었다.

병원의 환자처럼 똑같은 하얀색 환자 복을 입은 사람들은 캡슐의 문이 닫히기 전 한마디씩 하고 있었다.

[엄마 안녕.]

[행복하게 살아라.]

[자기야. 행복해야 해.]

[다음 생에서 만나.]

[천천히 오렴. 기다리고 있을게.]

[다시 태어나도 엄마 아들로 태어날게.]

[먼저 떠나간 부모님 만나러 갑니다. 여러분 모두 행복하세요.]

하나 같이 작별 인사를 하고 있는 사람들의 얼굴에는

미소가 그려져 있었다.

캡슐로 들어가고 있는 사람들의 대부분은 노인들이었는데 아까 가족과 작별인사를 나누었던 노부부 역시 보이고 있었다.

캡슐의 뚜껑이 닫히는 것과 동시에 여자 성우의 속삭이는 듯 한 목소리가 들려왔다.

"삶이 힘드신가요? 잠들어 있을 때가 가장 행복하신가요? 여러분에게 행복을 드립니다. 영원히……."

캡슐의 문이 닫히며 하얀색 가스가 캡슐 안을 뒤덮었다.

잔잔한 음악이 흐르고 기계음이 흘렀다.

[축하드립니다. 영원한 행복을 얻으셨습니다. 그 동안 당신의 삶에 감사드립니다. 이제 편히 쉬세요. 영원히…….]

캡슐 안에 있는 사람들은 그 어느 때 보다 행복한 미소를 짓고 있었고 이렇게 광고는 끝이 났다.

지금 이 광고는 바로 안락사 광고였다.

자발적인 안락사.

캡슐에서 새어 나온 하얀색 가스는 마약처럼 캡슐 안에 있는 사람에게 황홀감과 편안함을 주었고 영원히 잠들게 했다.

처음 이 광고가 세상에 등장했을 때 사회에 엄청난 파장을 일으켰지만 어느덧 사람들은 적응을 한 듯이 더 이상 논란은 되지 않고 있었다.

절대자가 세상을 통합한 후 세상은 절대자에게 순응하며 그가 만든 법에 따랐지만 각 지역구 각 나라마다 관리자에 따라서 법률은 약간의 차이가 있었다.

　예를 들어 미국 같은 경우 대다수의 주에서 여전히 총기 소유가 가능했고 대한민국의 경우에는 불법이었다. 어떤 나라는 이민제도를 유지하고 있었고 어떤 나라는 이민제도를 금하고 있었다.

　이렇게 각 나라 별로 조금씩 다른 법률을 가지고 있기는 했는데 모든 국가가 공통적으로 허락하는 것이 하나 있었으니 바로 안락사였다.

　전 세계 모든 국가들이 원하는 성인에 한해 안락사를 합법화 시키고 있었는데 거친 반발에도 불구하고 예상 밖의 큰 호응을 얻고 있었다.

　아무리 세상이 전보다 살기 좋아졌다 하더라도 자살을 하는 사람들의 숫자는 여전히 있었다.

　삶을 비관한 자들이 아니라 하더라도 정수와 의료 기술의 발달로 평균 수명이 100세를 넘어 버린 지금 삶의 질 에는 새로운 문젯거리가 생겨나고 있었다.

　치매에 걸린 노인들, 희귀 질병으로 무의미한 치료를 받는 자, 말기 암으로 시달리고 있는 노인들 같은 경우 무의미한 수명 연장을 원하지 않았고 스스로 안락사를 원하는 자들이 상당수 있었다.

　주로 자식들에게 짐이 되고 싶지 않은 고령의 부모들과

병실에서 고통 속에서의 죽음이 아닌 자발적인 깨끗한 죽음을 맞이하고 싶은 사람들에게서 큰 호응을 얻었다.

물론 국가에서는 충동적인 자살을 막기 위해 신청 후 충분히 생각할 시간을 주었고 비용은 무료였다.

고통도 없고 실패란 것도 없었다.

병원에서 고통 받으며 억지로 생명을 연장 시키는 것 보다 훨씬 더 깨끗하고 편안하게 삶의 마지막을 맞이할 수 있다는 장점은 큰 호응을 불러 일으켰다.

웰다잉 캡슐을 이용하는 자들은 비단 고령의 연령층 뿐만 아니었다.

자식에게 버림받은 부모, 자식들을 먼저 불의의 사고로 떠나 보낸 자들, 삶을 비관한 젊은이들 사이에서도 실패 없이, 고통 없이 행복하게 자살을 할 수 있다는 점은 큰 호응을 얻고 있었다.

실제로 다잉캡슐을 이용한 자들의 10% 이상이 마흔이 넘지 않은 젊은이들이었다.

물론 반대하는 자들도 있었다.

인간의 존엄성을 내세우며 웰 다잉 캡슐에 반대하는 자들은 아직까지 전세계 곳곳에서 시위를 하고 있었지만 그 호응은 점점 줄어만 갔다.

죽을 권리를 주장하는 쪽과 자살을 권장한다는 쪽의 의견이 여전히 팽팽하게 대립하였지만 절대자가 손을 들어준 쪽은 전자 쪽이었다.

한성 역시 이 부분에서는 개인의 선택에 맡겨야 한다고 생각했었다.

태어나는 것을 선택할 수는 없어도 자발적으로 죽는 것을 선택할 수 있다는 믿음까지는 잘못 되었다고 할 수 없었을 것이다.

이것까지는 큰 문제는 없었다.

생존도처럼 강제로 사람들을 자살로 내미는 것도 아니고 스스로 죽음을 원하는 자들에게 깨끗하고 편안한 죽음을 선사해 주었으니 이것만으로는 문제 될 것이 없었다.

하지만 웰 다잉 캡슐에는 아직 사람들이 모르는 큰 비밀이 하나 숨어 있었다.

문제는 바로 안락사를 당하는 사람들이 에너지로 쓰인다는 점에 있었다.

생존도에서 희생된 자들의 에너지는 결코 충분하지 않았다.

던전이 높아질수록 아티팩트를 작동시키기 위한 에너지의 양은 더욱더 높아만 갔는데 그 에너지를 충당시키는 부분이 바로 안락사였다.

죽은 시체는 결코 에너지를 제공해 주지 않았다.

편안한 안락사로 포장되어 있는 다잉 캡슐은 인간의 에너지를 빨아들이는 기계였다.

다잉 캡슐은 생존도와는 비교할 수 없을 정도로 많은 에너지를 만들어내고 있었다.

이건 절대자가 아직까지 숨기고 있는 사실이었고 나중에 밝혀질 또 하나의 사건과 함께 혁명의 도화선이 되는 사건이었다.

TV에서는 뉴스가 시작 되었다.

한성은 자신의 시계를 슬쩍 보았다.

4월 16일. 3시 1분.

과거와 같다면 곧 사건이 벌어질 것이다.

첫 번째 사건이 터진 것은 한국시각으로 4월 16일 오후 3시였다.

자신이 만든 나비 효과가 혁명에도 작용을 하였을지는 몰랐지만 영향을 끼치지 않는다면 지금 사건은 벌어지고 있을 것이 분명했다.

그때였다.

TV 앞에 모여 있던 사람들의 웅성거리는 소리가 들려왔다.

"어엇! 저게 뭐야?"

"테, 테러?"

한성의 눈썹이 꿈틀 거렸다.

'그때와 같다.'

월드 던전이 열리는 시기가 앞당겨 지고 전과 다르게 대한민국이 3위에 올랐지만 혁명은 바뀌지 않았다.

정규 편성된 뉴스의 화면이 사라져 버렸고 곧바로 TV 화면에서는 속보를 알려왔다.

"[속보] 미국 오하이오에서 테러 발생!"

평화롭게 일상을 보여 주고 있던 화면은 갑작스럽게 바뀌고 있었다.

미국 오하이오의 한 건물에서는 불길이 치솟고 있었다.

구급차와 소방차들이 모여드는 가운데 부상을 입은 사람들이 연이어 밖으로 나오고 있었다.

중 무장을 한 경찰들이 움직이고 있는 가운데 아나운서의 급박한 목소리가 들려왔다.

"속보입니다! 현지 시각으로 새벽 3시 미국 오하이오 주 폰타나 시에서 대규모 테러가 발생했습니다. 한 달 전 붙잡힌 자신들의 보스의 석방을 요구하며 마약 거래상들이 폰타나 시청에 테러를 가했습니다. 시의원과 주지사의 생사가 확인되지 않는 가운데 현재 경찰은 진압 작전을 펼치고 있고 부상자와 사상자 수는 아직 알려지지 않았습니다."

모두 거짓이었다.

TV에서는 마약 거래상들이 테러를 벌인 일로 세상에 알리고 있었지만 사실 실상은 달랐다.

과거 한성 역시 이 사건을 단순한 테러로 생각했는데 실상은 미국 혁명단의 본격적인 시작을 알리는 사건의 서막이었다.

뉴스에서 보도 되지는 않았지만 이 사건으로 상당수의 관리자들이 죽음을 맞이하였고 혁명단 역시 상당수 죽음을 당했다.

아무도 이 사실을 모르는 듯이 사람들은 놀란 표정을 지으며 하나 둘 씩 TV 앞으로 모여들고 있었다.

"우와! 진짜 총 쏜다!"

"폭탄 터지는 거 봐!"

"각성자들을 보내야지! 이런 쓰레기 같은 놈들! 이런 좋은 세상에 테러라니!"

눈속임이었다.

뉴스에서 들려오는 폭발음과 총성도 조작된 것이었다.

관리자들은 각성자들이었는데 원칙적으로 각성자들은 총이나 폭탄 같은 현대식 무기에는 패시브로 보호되는 면역 쉴드를 가지고 있었다.

즉 각성자들을 칼로 찔러 죽이는 것은 가능했지만 지금처럼 총이나 폭탄으로 죽일 수는 없었다.

물론 고 레벨의 각성자들을 죽이기 위해서는 그 이상의 실력을 갖추고 있는 각성자들이 필요했다.

혁명단 역시 각성자들이었고 이들을 진압한 것 역시 미국 헌터들이었다.

화면에서 각성자들은 전혀 보이지 않고 있었다.

카메라는 의도적으로 중무장한 경찰들을 보여주고 있는데 각성자들의 반란이라는 사실을 철저하게 숨기고 있었다.

이런 사실을 모르고 있는 사람들은 믿기지 않는다는 듯이 중얼거리고 있었다.

"세상에… 이런 좋은 세상에서 테러라니."

절대자에 의해 전 세계가 하나의 국가처럼 되어버린 지금 테러라는 것은 거의 일어나지 않았는데 인간들은 오랜만에 보는 테러로 큰 충격을 받고 있었다.

훗날 절대자의 비밀이 하나 둘 씩 밝혀지고 대혁명이 일어나지만 그들 역시 테러리스트의 꼬리표를 떼어 낼 수는 없었다.

절대자의 비밀이 모두 다 밝혀진 후에도 절대자가 만든 세상을 지지하는 국민들이 대다수였으니 극소수의 사람들이 저항하는 모습은 테러리스트의 모습 그 이상도 이하도 아니었다.

대혁명 이후에도 혁명단은 끝까지 전 세계 국민들의 지지를 받지는 못했었다.

오히려 세상은 분열이 일어나 버렸고 한성 역시 끝내 배신과 함께 죽음을 맞이했던 것이다.

사람들이 TV 스크린 앞으로 모여 들고 있는 가운데 한성은 몸을 일으키며 공항 터미널로 향하기 시작했다.

회귀를 하여 다시 전쟁터로 들어가고 있었지만 여전히 답은 보이지 않고 있었다.

NEO MODERN FANTASY STORY

3. 혁명단.

회귀의 절대자

3. 혁명단.

제주도.

제주의 어느 변두리.

택시에서 내린 한성의 시선이 허름한 건물로 향했다.

4층짜리 쓰러질 것 같은 건물은 외형은 초라했지만 상상할 수 없는 검은 돈이 오가는 곳이었다.

건물 안의 상점들은 더 이상 장사를 하지 않는다는 듯이 간판조차 보이지 않고 있었는데 한성의 시선이 유일하게 남아 있는 간판으로 향했다.

백합 다방.

80년대에나 만들어 진 듯한 촌스러운 간판이 눈에 들어오는 가운데 한성은 건물 안으로 들어갔다.

음악도 흘러나오지 않고 있었고 손님이라고는 한 명도 없었다.

40대 후반으로 보이는 뚱뚱한 여자가 홀로 카운터에 앉아 있었다.

짙은 화장과 함께 향수 냄새 까지 전해져 오고 있었는데 여인은 장사를 할 생각 자체가 없는 듯이 한성에게 시선조차 주지 않고 있었다.

한성이 여인 앞으로 다가가자 여자는 퉁명스럽게 물었다.

"한국인이오?"

겉으로는 손님 하나 없는 다방으로 보였지만 사실 이곳은 중국계 화교들이 아이템을 밀거래 하는 장소였다.

전 세계 어디라 하더라도 불법적으로 거래를 하는 곳은 있었다.

중국 역시 예외는 아니었는데 이곳 제주도는 한국에서 불법으로 판매를 원하는 자들과 중국에서 불법으로 아이템을 판매하는 자들이 모두 다 이용하는 장소였다.

자신이 처리할 금액은 상당히 컸다.

현재 이 정도의 금액을 단 하루에 처리할 수 있는 불법적인 장소는 이곳 밖에 없었다.

더구나 이들은 타 지역구에 속해 있는 자들이었으니 걸리지 않을 확률이 훨씬 더 높았다.

화교 출신인 이들 뒤를 봐 주고 있는 자들은 레드 드래곤이라는 중국계 길드였다.

미국과는 다르게 중국은 가장 뛰어난 헌터들이 국가에
소속되어 있었다.

길드의 실력을 놓고 본다면 전 세계에서 미국의 제우스
길드를 따라갈 곳은 없었지만 무기와 아이템의 거래에서는
약간 달랐다.

막대한 인적 자원을 중심으로 던전에서 자원을 캐는
중국의 속도를 따라갈 수 있는 나라는 그 어디에도 없었
다.

현재 미국이 중국보다 한 층 더 앞서 있었지만 자원을 캐
는 속도에서는 중국이 위였다.

아주 최상위 등급의 무기라면 몰라도 일반적인 무기의
거래와 전체 무기 거래량에서는 미국의 어떤 길드 조차 비
교할 수 없을 정도로 거대한 규모를 가진 자들이 바로 레드
드래곤 길드였다.

문제는 이들이 자신과 거래를 하는가에 있었다.

과거 자신이 이들과 거래를 할 때는 꽤 명성을 쌓은 후였
던 탓에 수월하게 거래가 이루어 졌는데 지금은 달랐다.

불법적인 거래였으니 당연히 아무나 하고 거래를 하지는
않았다.

한성은 강화석을 꺼내 보이며 말했다.

"아이템을 처리하고 싶다."

여인이 말했다.

"여긴 다방인데 무슨 말을 하는지 모르겠구려. 차라리 아가씨를 불러달라고 하시오. 나 같은 미녀들이 아주 많다오. 큭큭."

여인은 시치미를 뗐다.

한성의 얼굴이 구겨졌다.

거래를 위해서는 미리 지정된 암호를 말해야 했다.

원래 알고 있는 사실이었지만 암호 같지도 않은 암호인 탓에 한성은 건너뛰려고 했지만 여인은 뜻 모를 미소를 지으며 시치미 떼고 있었다.

어쩔 도리가 없었다.

한성이 말했다.

"미스터 첸을 불러다오."

"첸은 대륙에 가 있다오."

"첸이 없다면 세계 제일의 미녀 린이라도 불러다오."

이미 알고 있던 암호였다.

이미 알고 있는 대답이 나왔다.

"내가 린이오."

암호가 상당히 못마땅하다는 듯이 한성은 눈 앞의 뚱뚱한 여인을 노려보았다.

노려보는 시선에도 아랑곳 하지 않는다는 듯이 여인은 만족하다는 듯이 웃음을 흘렸다.

그때였다.

한성이 들어온 쪽에서 몇몇 사내들이 따라 들어오기

시작했다.

위압감을 주겠다는 듯이 한 덩치하는 사내들이 연이어 들어왔는데 한성은 눈길조차 주지 않고 있었다.

린이 말했다.

"나는 너무 연약한 여자라 보디가드가 필요하다오. 레벨 40의 각성자들이기는 하지만 뭐 허튼 짓만 하지 않으면 해치지 않으니 너무 겁먹지 마시오."

암호를 알고 있다 하더라도 모든 거래가 이루어지는 것은 아니었다.

가끔 억지를 부리는 자들도 있었고 앙심을 품고 국가에 찌르는 자들도 있었다.

지금 나타난 사내들은 겁을 주기 위한 장치였다.

보통 이런 떡대들이 나타나면 위축되기 마련인데 한성은 관심조차 주지 않고 있었다.

"호오. 제법이시군."

한성은 알고 있었다.

덩치만 컸지 사실 이들은 각성자들이 아니었다.

지금 한성이 손가락 하나 가지고도 튕겨 낼 정도의 사내들이었으니 한성이 눈길조차 주지 않는 것은 당연한 일이었다.

각성자인지 아닌지는 겉으로 보는 것만으로는 분간을 할 수 없었다.

그 탓에 린은 거짓말을 한 것이었는데 과거 이들과 거래를 수도 없이 했던 한성은 이미 다 알고 있었다.

군이 자신이 알고 있다는 사실을 밝힐 필요는 없었다.

곧바로 한성은 상급 강화석을 보여주기 시작했다.

개인이 소지하고 있기에는 너무나 많은 양의 상급 강화석이 보이고 있었지만 이 정도는 큰 거래도 아니라는 듯이 린의 표정에서는 조금의 놀라움도 없었다.

다이아몬드처럼 빛을 내고 있는 상급 강화석을 본 린이 말했다.

"오호라. 유니크 상급 강화석이 꽤 많이 있구려. 이거에 투자 했구려. 대한민국에서 30층을 뚫었으니 이제 상급 강화석의 시대가 온다고 생각하는 건가? 빠른 판단이구려. 시세는 이거요."

린은 테블릿을 내보여 주었다.

이들 역시 앞으로 상급 강화석 가격이 떨어진다는 사실은 예측하고 있었다.

금액이 적힌 테블릿을 내밀었지만 한성은 바라보지도 않고 있었다.

신용 하나로 명성을 쌓은 이들에게 신용은 생명이나 다름없었다.

더 주는 것도 덜 주는 것도 없었다.

이들이 정한 가격이 현재 적정 가격이었고 이들이 정한 가격 이상을 받는 다는 것은 불가능했다.

린이 물었다.

"어떻게 드릴까? 현금? 설마 이 많은 금액을 현금으로 달라는 것은 아닐 텐데?"

한성은 고개를 흔들었다.

어차피 현금은 가지고 있을 수도 없었다.

은행도 사용할 수 없었고 현금으로 가지고 있을 수도 없었으니 남은 방법은 하나 밖에 없었다.

"물건으로 바꾸고 싶다."

"어떤 물건?"

"국민 아이템. 세트로 30벌 정도. 무기는 필요 없다."

국민 아이템이라 하는 것은 일종의 가성비 즉 가격 대비 성능이 가장 뛰어난 아이템을 말했다.

현 시점에서 저항군은 무기는 가지고 있었지만 상대적으로 방어구는 상당히 빈약했다.

관리자는 전원 각성자들.

이들에게 총이 통하지 않았으니 던전에서 나오는 무기는 필수였다.

천문학적인 무기에 돈을 지불하다 보니 방어구는 취약할 수밖에 없었고 한성은 그 부분을 보완하려 하고 있었다.

린이 중얼거렸다.

"30벌이라. 어디 길드에서 단체로 던전에 입장이라도 하는가 보군. 아니면 길드를 창시할 생각인지? 뭐 내 알 바는 아니지만 말이야."

린은 곧바로 계산기를 튕기며 말했다.

"24벌. 가능하겠구려. 지금 주문하면 내일 이 시간까지

도착할 거요. 배송은 무료로 해 주지."

어느 정도 예상한 가격이었다.

벌써 이들은 상급 강화석의 가격이 하락할 거라는 사실을 알고 있는 듯 했으나 어차피 강화석 가격이 폭락할 것이란 사실을 알고 있었으니 아쉬울 것은 없었다.

❖

이틀 후.

제주의 물류 센터.

한때 제주의 모든 물류를 담당했던 곳이었지만 타 지역으로 이주를 한 탓에 빈 건물들만이 먼지를 뒤덮고 있었다.

축구장만큼이나 넓은 공간이었지만 사람들의 출입이 통제된 탓에 인기척은 전혀 느껴지지 않고 있었다.

회귀 전 자신이 왔을 때와는 약간 다른 모습이기는 했지만 크게 변한 것은 없었다.

원래 이곳은 과거 제주도에 올 때 마다 민석이와 오던 곳이었다.

당시 민석이는 이곳에서 과거를 회상하곤 했었는데 혁명단 중 자신만 살아남았다는 것에 민석이는 평생 동안 후회하며 보냈었다.

그 탓에 오늘 벌어질 일에 대해서 한성은 상세히 알고 있었다.

이들 혁명단은 미국의 혁명단과 연결되어 있었는데 미국 혁명단이 오하이오 주에서 시작한 것처럼 대한민국 최초로 혁명의 불꽃이 이곳에서 솟구쳤다.

다만 그 불꽃은 그 누구도 봐 주지 않았다.

제주도 도지사 암살에 실패한 이들은 대중들의 관심조차 받지 못한 채 기억 속으로 사라져 버렸다.

결국 작은 바람 조차 이루지 못하고 아무런 소득 없이 죽어간 가족을 떠올리며 민석이는 후회했었는데 한성은 지금 그 후회를 돌리려는 생각이었다.

'도약!'

가볍게 도약 스킬을 발동시킨 한성은 창고의 꼭대기로 올라갔다.

한눈에 물류 센터 전체가 보이고 있었다.

주변을 살펴보고 있던 한성의 시선이 한쪽에서 멈추었다.

한쪽에 있는 외딴 창고 앞으로 자동차들이 주차 되어 있는 것이 보였다.

저항군들이 하나 둘씩 주변을 두리번거리며 들어오고 있었다.

아직까지 대한민국에서 절대자에게 대항을 한다는 것은 상상조차 할 수 없는 일이었다.

절대자에게 대항조차 하는 사람이 없었으니 이들 역시 누군가 자신들을 감시한다는 것은 상상조차 하지 못했다.

이것이 바로 이들이 실패한 이유였다.

절대자는 결코 호락호락하지 않았다.

겉으로 드러나지는 않았지만 이미 절대자는 세상에서 저항이 일어나고 있다는 사실을 알고 있었다.

생존도에서 희생된 가족들을 중심으로 감시의 눈은 어디에도 있었다.

그리고 대한민국 역시 예외는 아니었다.

한 사람의 이름이 떠올라왔다.

'안범수.'

관리자들이 심어 놓은 감시자이자 혁명단의 배신자 이름이었다.

얼굴은 알지 못했지만 민석이가 이를 갈면서 증오했던 이름이었던 탓에 기억 속에 남아 있었다.

그때였다.

한성의 시선에 한 사내가 잡혔다.

'민석이.'

과거보다 더 어려 보이는 모습의 민석이가 보이고 있었다.

민석이와 동행하고 있는 여자의 모습이 들어왔다.

상당히 빼어난 미모의 소유자인 그녀는 민석이의 누나인 송지수였다.

'송지수.'

의외로 제주도 혁명군의 리더는 여자인 송지수였다.

원래 그녀의 아버지는 제주도의 상당한 거부였는데 생존도에서 희생을 하였다.

송지수는 동생 민석이와 함께 생존도 보상금과 전 재산을 털어 저항군을 조직한 인물이었다.

지수 역시 각성자였고 오늘 벌어질 저항에서 희생되고 말았다.

지수는 약해 보이는 외모와는 다르게 상당한 실력을 가지고 있었는데 누나 이야기를 할 때마다 민석이는 그녀의 활 솜씨를 입버릇처럼 자랑하곤 했었다.

지수는 비옷처럼 보이는 방어구를 착용하고 있었는데 가지고 있는 활을 숨기고 있었으니 얼핏 보아서는 보조계로 보이고 있었다.

민석이와 지수는 다른 혁명군들과 함께 한쪽 건물 안으로 들어가고 있었다.

'저기구나!'

혁명단이 모여 있는 곳을 파악한 한성은 곧바로 움직이기 시작했다.

대략 열 명 조금 넘는 사람들이 모여 있는 것으로 추측되었다.

곧바로 한성은 지붕 위를 날다 시피하며 저항군이 모여 있는 곳으로 향했다.

절대자가 이미 감시를 하고 있다는 사실을 알지조차 못한다는 듯이 이들은 감시를 서는 인물 한명 두지 않고 있었다.

건물 밖으로 사람들의 목소리가 들려왔다.

"이명기가 출발했다고 알려 왔습니다."

지수가 최후의 결의를 다지며 말했다.

"신께서 함께 해 주시길. 우리의 저항이 실패로 끝난다 하더라도 새로운 세상을 만드는 혁명의 불꽃이 끝없이 이어지기를."

지수의 말이 끝나는 것과 동시에 남자들의 억센 목소리가 들려왔다.

"갑시다!"

이들이 문을 열고 나가는 순간이었다.

"어엇?"

처음 보는 사내가 팔짱을 끼고 한심하다는 듯이 바라보고 있었다.

저항군들이 멈칫 거리는 순간이었다.

한성은 정면을 바라보며 말했다.

"가긴 어디를 가? 가면 네 놈들 다 죽어!"

저항군들은 깜짝 놀랐다.

"누구냐?"

한성은 어깨를 들썩이며 말했다.

"네 놈들을 살려줄 절대자라고나 할까?"

사내 중 한명이 본능적으로 총을 겨누었다.

눈앞에서 총구가 겨누어지고 있었지만 한성은 눈 하나 깜빡 하지 않고 있었다.

한성은 한심하다는 듯이 말했다.

"미국에서 테러가 난지 이틀 밖에 안 된 지금 관리자를 습격하려 하다니 생각이 있는 게냐? 지금쯤 이명기는 네 놈들을 기다리고 있을 거다. 관리자는 그렇게 호락호락 하지 않다."

"그 사실을 어떻게?"

자신들이 이명기를 암살하려고 한 것은 극비 중의 극비인 사실이었는데 눈앞에 나타난 자는 어찌된 일인지 그 사실을 알고 있었다.

그때였다.

피슝! 피슝!

소음기가 장착된 권총 두발이 발사 되었다.

"가만!"

리더 송지수가 제지하고 있는 가운데에서도 사내 중 한 명은 가차 없이 한성을 향해 총을 쏘고 있었다.

눈 깜짝할 사이에 벌어졌다.

"아아!"

놀란 탄성이 주변에서 흐르는 순간이었다.

한성은 제 자리에서 움직이지도 않고 있었고 총알은 그대로 바닥으로 떨어져 버리고 말았다.

한성의 시선이 자신에게 총을 쏜 사내에게 향했다.

"네 놈이구나! 네 놈이 안범수 맞지?"

배신자.

이 자가 바로 이명기에게 정보를 미리 제공한 자였다.

자신의 이름을 알고 있다는 것에 놀란 범수의 눈이 커지는 순간이었다.

총이 통하지 않는다는 것을 본 누군가 외쳤다.

"이자 각성자다!"

혁명군들은 서둘러 각자의 무기를 꺼내들기 시작했다.

이미 여러 번의 훈련을 거쳤다는 듯이 이들은 나름 진형을 갖추기 시작했다.

가장 앞쪽에서 거대 도끼를 꺼내든 사내가 탱커로 보였고 양 옆으로 검을 든 사내 네 명이 딜러로 보였다.

민석이 역시 검을 들고 있었고 가장 후방에 힐러로 보이는 보조계 여자 두 명이 자리를 잡았다.

범수를 비롯한 다른 이들은 각성자가 아니라는 듯이 멀찌감치 물러섰다.

각성자의 숫자는 자동으로 알게 되었다.

'일곱 명이구나.'

다른 곳에서도 혁명단이 있을 거라 생각은 했지만 일단 이곳에 있는 자들 중 각성자의 숫자는 일곱 명이었다.

상대의 전략은 벌써 눈에 들어왔다.

눈앞에서 시선을 사로잡고 있는 덩치가 보조계의 힘을 빌려 탱커 역할을 하는 동안 딜러들이 결정타를 날리는 전형적인 대형이었다.

이런 진형을 상대할 때는 탱커 보다는 보조계를 먼저 제거하는 것이 우선이었다.

상대 역시 그 사실을 알고 있는 듯이 딜러 중 민석이와 다른 한명은 보조계를 보호 하듯이 바짝 붙어 있었다.

당장이라도 공격할 것 같은 분위기 속에서 혁명단들이 물었다.

"네놈! 뭐냐?"

"이거 이명기가 보낸 자 아니야?"

"우리 정보가 새어 나간 건가?"

또 다른 자들이 있는 지 혁명단들은 사방을 살펴보고 있었다.

이들의 의도를 읽었다는 듯이 한성은 어깨를 들썩이며 말했다.

"걱정마라. 난 혼자 왔다. 그리고 배신자는 저 놈이다."

한성이 범수가 있는 쪽을 가리키자 범수는 소리를 질렀다.

"개소리 마라! 이 놈 죽여!"

한성은 준비를 한다는 듯이 주먹을 내보이며 말했다.

"뭐 믿지 않을 테니 실력으로 보여 주지."

일곱명의 각성자들이 무기를 들고 있었지만 지금 한성의 두 손에는 아무런 무기도 없었다.

이들을 휘어잡기 위해서는 현격한 실력차를 보여줄 필요가 있었다.

'격투가!'

한성의 몸에서 빛이 발산 되었다.

좌아아아앗!

과거 해머와 싸웠을 때 사용했던 격투가 스킬을 발산 시켰다.

50레벨이 훌쩍 넘은 로머인 해머도 가지고 놀 수 있었던 격투가 스킬이었다.

무기를 들지 않았을 경우 기본 스탯의 두 배의 힘을 내는 격투가 스킬은 지금 이들에게 사용하기에는 과분해도 너무나 과분한 스킬이었지만 한성은 압도적인 힘의 차이를 보여줄 생각이었다.

정석대로 한다면 가장 뒤쪽의 보조계 두 명을 잡는 것이 우선이었지만 한성이 첫 번째 노린 자는 탱커 역할을 맞고 있는 사내였다.

파아앗!

격투가 스킬에 속공이 더해지자 눈 깜짝할 사이에 도끼를 든 사내 앞에 한성이 멈추어 섰다.

"우웃!"

순식간에 한성이 눈앞에 나타났지만 얼마나 빨랐는지 사내는 반응조차 하지 못하고 있었다.

"찍어 봐."

한성은 사내 앞에서 멈추어 선 채로 도끼를 바라보며 말했다.

"오오오옷!"

도끼가 머리 위로 내리찍어 지는 순간이었다.

착!

"허억!"

믿을 수 없었다.

한성은 한 손으로 도끼를 붙잡고 있었다.

아니 더 정확하게 말하면 손가락 두 개만을 이용해 도끼를 붙잡고 있었다.

"이익!"

자신이 두 손으로 잡아당기고 있었지만 붙잡고 있는 한성의 힘을 뿌리 칠 수는 없었다.

더 놀랄 일이 벌어졌다.

기회를 잡았지만 공격을 가하기는커녕 한성은 사내에게 관심이 없다는 듯이 도끼를 살펴보고 있었다.

"중급이군. 상급도 아닌 이런 중급 무기로는 어림없다."

어이없게도 한성은 도끼의 등급을 살펴보고 있었다.

한성의 말은 들려오지도 않고 있었다.

"뭐하는 거야! 후려 쳐!"

범수의 외침이 들려왔지만 여전히 붙잡힌 도끼는 꿈쩍조차 하지 않고 있었다.

놀라움은 끝나지 않았다.

곧바로 한성은 손가락으로 붙잡은 도끼를 흔들기 시작했다.

사내의 입에서 당황한 비명이 새어 나왔다.

"우워어어어!"

손가락의 힘이라고는 믿을 수 없는 거대한 힘이 전해져 왔다.

자신의 도끼를 빼앗기는 것이 아닌지 사내는 두 손으로 도끼를 꽉 쥐고 있었는데 한성이 흔드는 힘에 자신의 몸 까지 흔들리고 있었다.

한성은 상대의 힘을 알아보고 있다는 듯이 말했다.

"뭐야? 후하게 봐 주어도 레벨 33근처이겠는데? 이런 실력으로 레벨 50의 관리자를? 제 정신인 거냐?"

이미 실력은 파악 했다는 듯이 한성은 도끼를 밀어 버리며 놓아주었다.

"우어어어어!"

가볍게 밀어 냈지만 거대한 힘에 밀린 듯이 사내는 뒤로 휘청휘청 거리고 있었다.

뒤쪽에 있던 범수가 소리를 내질렀다.

"죽여!"

사내가 자세를 가다듬는 순간이었다.

"아!"

어느새 한성의 한손은 사내의 갑옷위로 가져가고 있었다.

"방어구는 중급 중에서도 싸구려군. 탱커의 역할이 뭐라고 생각하나?"

생사를 가르는 상황에서도 한성은 가르친다는 듯이 담담

하게 말하고 있었다.

"탱커에게는 무기 이상으로 방어구가 중요하다."

사내가 급하게 도끼를 내려찍으려는 순간이었다.

"우읏!"

한성은 갑옷에 가볍게 손바닥을 붙이고 있었는데 순간 한성의 손에서 빛이 번쩍였다.

한성의 손은 움직이지도 않고 있었으나 손에서 솟아난 빛의 힘만으로도 사내의 몸을 튕겨나가게 하기에 충분했다.

"우와아아아!"

2M에 가까울 정도의 거구가 날아가듯이 뒤로 튕겨져 갔다.

수 미터 밖으로 나가떨어진 사내는 쉽게 몸을 일으키지 못하고 있었다.

"정수! 정수!"

각성자가 아닌 자들이 급하게 정수를 꺼내들고 사내를 향해 달려가고 있었다.

한성이 담담히 말했다.

"힘 빼고 쳤다. 그 정도로 죽지 않는다."

범수가 놀라고 있는 딜러들을 보며 외쳤다.

"뭐해! 죽여!"

리더도 아니었지만 범수의 외침은 멈칫 거린 딜러들을 움직이게 했다.

"이익!"

"쳐!"

제일 먼저 검을 든 딜러 두 명이 동시에 한성을 노리고 찔러 들어왔다.

두 개의 검이 동시에 찔러 들어왔지만 한성은 오히려 뒷짐을 지었다.

"너희 두 명에게는 손을 사용하지 않으마."

상대를 깔보는 듯이 한성은 제자리에 선 채로 뒷짐을 지고 있었다.

이런 한성의 태도에 상대는 속공 스킬을 발산 시키며 전력으로 부딪치고 있었다.

'미친!'

'죽어라!'

바로 앞에서 두개의 검이 심장과 목을 노리고 뻗어오는 순간이었다.

하체는 그대로 서 있는 상황에서 한성의 상체만이 뒤로 젖히며 꺾이듯이 움직였다.

'명중! 허억!'

놀랍게도 심장 바로 앞까지 왔던 검의 속도는 한성의 움직임을 따라잡지 못했다.

두 개의 검은 곧바로 한성의 위를 지나가 버렸고 곧바로 한성의 발끝에도 속공이 발산 되었다.

파아아아앗!

속공 스킬이 발산되는 것과 동시에 한성의 몸은 튕기듯 이 뒤로 물러나고 있었다.

'이, 이런 속도가?'

30레벨 근처에 불과 한 이들로는 한성의 움직임조차 파악할 수 없었다.

뒤로 물러선 한성이 손가락을 까닥이며 말했다.

"뭐하나? 따라와 봐!"

지금 한성은 이들의 실력을 테스트 해 볼 생각이었다.

탱커인 사내의 실력으로 미루어 보아 이들 역시 비슷한 수준이라고 생각은 되었지만 딜러에 대한 경험과 강자를 만났을 때의 자세 역시 확인해 볼 사항이었다.

뒤쪽에서 지수의 목소리가 들려왔다.

"전원 공격!"

딜러들뿐만 아니라 다른 모든 각성자들이 한성을 향해 무리를 지으며 달려가고 있었다.

진형을 유지하며 우르르 몰려들고 있었지만 한성은 여전히 뒷짐을 진 채 뒤로 물러서고 있었다.

뒷짐을 지고 뒤로 물러서는 한성과 전력으로 검을 내밀며 달려오는 상대와의 행동은 크게 차이가 났는데 놀라운 일이 벌어졌다.

"이, 이럴 수가!"

검은 전혀 한성의 움직임을 따라잡지 못하고 있었다.

기본 속공 스킬만 하더라도 한성의 스킬이 이들의 스킬

보다 몇 단계 더 높았고 거기에 격투가의 스킬까지 더해져 버렸으니 이건 어른과 유치원생의 대결이었다.

던전에서 건틀릿과 일반 헌터의 속도 대결을 연상케 할 정도로 이들과 한성의 차이는 컸다.

그때였다.

가장 후방에 있었던 지수가 소리쳤다.

"유리!"

지수의 지시와 함께 뒤쪽에 있던 여자 보조계의 스태프가 움직였다

촤아아아앗!

순간적으로 한성을 향해 찔러 오는 두 사내의 속도가 높아졌다.

'오호!'

예상보다는 빠른 공격이었다.

한성의 시선이 뒤쪽으로 향했다.

뒤쪽의 여자 각성자가 스태프가 빛을 내는 모습이 보였다.

'버프!'

무지개 빛은 연이어 날아가며 한성에게 검을 겨누고 있는 딜러들에게 쏟아져 오고 있었는데 빛이 닿을 때마다 사내들의 속도와 위력은 더욱더 높아지고 있었다.

지금이야 초창기 시대이었으니 버프가 압도적인 차이를 메워 줄 수 없었지만 훗날 각성자들이 상향평준화 된 이후

에는 버프는 필수 중의 필수였다.

버프를 받은 딜러들의 공격이 한 단계 올라가며 매서워졌다.

한성은 미소 지었다.

많은 이들이 공격력에만 집중을 한 탓에 상대적으로 힐러를 비롯한 보조계들의 육성은 더디고 더뎠는데 훗날 이들의 몸값은 엄청나게 치솟게 되었다.

보조계가 있다는 사실은 크게 반가운 사실이었고 눈 앞에서 검이 쏟아지고 있었지만 한성의 시선은 스태프를 흔들고 있는 여자에게 쏠고 있었다.

아무리 버프를 받고 있다고 하더라도 지금 격투가 스킬을 사용한 한성과는 어마어마한 격차가 있었다.

버프로는 결코 이 큰 차이를 따라 잡을 수 없었다.

'보조계는 합격!'

검날이 서슬이고 있었지만 여자답지 않게 침착하게 버프를 넣어 주는 보조계의 모습에 한성은 합격점을 내렸다.

이제는 끝낼 시간이었다.

한성은 의도적으로 속공을 늦추었다.

상대는 버프에 의해 속도가 증가 되고 있는 가운데 한성이 속도를 늦추자 순식간에 거리는 좁혀져 왔다.

'잡았다!'

촤아아앗!

촤아아앗!

버프의 힘을 받은 두 개의 검은 아슬아슬 하게 빗나가고 있었다.

연이어 검을 휘두르고 있었지만 검은 아슬아슬하게 맞을 듯 하면서 한성의 몸을 빗겨나가고 있었다.

딜러들은 모르고 있었지만 후방에 있는 유리와 지수는 알고 있었다.

'아슬아슬하게 빗나가는 게 아니다. 상대가 의도적으로 아슬아슬하게 빗나가게 맞추어 주는 거다!'

정작 검을 휘두르고 있는 자들은 이 사실을 알지 못하고 있었다.

닿을 듯 말 듯 하며 아슬아슬하게 간격을 두고 잡히지 않자 애가 탄 딜러들은 더욱더 기를 쓰며 달려들었다.

'잡을 수 있다!'

조금 전에 한성의 움직임을 따라 잡았으니 분명 또 다시 잡을 수 있을 거라 생각한 이들은 기를 쓰고 달려들고 있었는데 순간 한성이 말했다.

"쯧쯧, 낚였군."

"아!"

한성의 말이 끝나는 순간 자신의 몸을 감싸고 있던 버프의 기운이 사라지는 것이 느껴졌다.

"하악!"

순간 정신 없이 검을 꽂아 넣고 있던 두 사내는 자신이 속았다는 것을 느꼈다.

보조계가 지원 버프를 넣을 수 있는 거리는 채 2M에 불과 했다.

한성이 닿을 듯 말 듯 하며 상대를 끌어들인 것은 보조계의 버프로부터 이들을 떼어 놓는 작전이었다.

한성은 자신을 따라 돌격하고 있는 딜러들에게 가르치듯이 말했다.

"보조계의 힘을 빌리고 있는데 이렇게 거리를 벌리면 어떻게 하나?"

딜러들이 급하게 정지를 하는 순간이었다.

지금까지 뒤로만 물러서고 있던 한성의 몸이 앞으로 향했다.

공격 역시 손은 쓰지 않겠다는 듯이 가볍게 어깨로 밀쳤다.

가볍게 어깨로 툭 하고 밀었지만 레벨의 차이, 즉 힘의 차이는 생생하게 전달이 되었다.

"크아아아아!"

검을 든 사내는 순식간에 튕겨져 나갔고 곧바로 곁에 있던 사내의 외침이 울려 퍼졌다.

"하아압!"

기합 소리와 함께 검을 내리찍는 순간이었다.

순간적으로 한성의 움직임은 폭발하듯이 속도가 높아졌다.

직각으로 찍어 내리던 사내의 검이 비켜나가는 순간 한성의 다리가 사내의 다리를 걸었다.

단순히 거는 것이 아니라 마지막에 슬쩍 힘을 넣어 사내의 다리를 들어 올리듯이 걸어버리자 사내의 몸은 허공으로 띄어져 버렸다.

"우다다다아!"

사내는 비명을 내지르며 허공에서 한 바퀴 회전한 후 그대로 엎어져 버렸다.

'죽이지 않는 게 더 어렵군.'

더는 살펴 볼 것도 없었다.

대략 30초반의 레벨들이었고 더 이상 이들의 실력은 볼 필요 없었다.

이제 남은 자들은 네 명.

리더 지수를 비롯해서 민석이가 보이고 있었다.

한성이 달려가는 순간이었다.

지수가 외쳤다.

"달아낫!"

지수 역시 이미 한성의 실력이 자신들과는 비교할 수 없을 정도로 높다는 것을 알고 있었다.

지수의 외침이 끝나기도 전에 제일 먼저 달아난 인물은 배신자 범수였다.

'뭐야? 이자는?'

원래 계획대로라면 혁명단을 이끌고 가야 했는데 뜻하지 않은 인물의 등장으로 자신의 계획은 뒤죽박죽되어 버리고 있었다.

범수가 정신없이 달아나고 있던 순간이었다.

"허억!"

어느새 뒤쪽에 있던 한성이 자신의 앞에 나타나 있었다.

처음 보는 사내 이었지만 노려보는 눈빛은 자신에게 원한을 가지고 있는 듯 했다.

당장이라도 죽여 버릴 것 같은 한성의 눈빛에 범수는 걸음을 멈출 수밖에 없었다.

"배신자는 죽음이지."

한성의 로우킥이 사정없이 범수의 다리를 갈겼다.

"우아아아아악!"

다른 이들에게는 사정을 준 것과는 다르게 범수의 다리만큼은 뼈를 부러뜨릴 정도로 강하게 가격하고 있었다.

"우아아아아악! 내 다리!"

바닥에 뒹굴며 고통에 찬 신음과 함께 다리를 붙잡고 있는 범수에게 한성의 목소리가 들려왔다.

"네 놈은 조금 있다 더 자세히 봐 주겠다."

속공과 함께 한성의 몸이 사라졌다.

쉬이이잇!

어느새 한성은 정석대로 보조계 여자 각성자 앞에 나타나 있었다.

"아!"

놀란 유리의 눈이 커지는 순간이었다.

"잠시 압수!"

"아앗!"

한성은 유리가 들고 있던 스태프를 낚아챘다.

스태프를 한쪽으로 던져 버리는 것과 동시에 한성의 손은 유리를 지키고 있던 딜러 한명의 뒷목을 붙잡아 버렸다.

사내의 목에 감당할 수 없는 손아귀의 힘이 전해져 오는 순간이었다.

'스턴!'

한성에게 잡힌 사내가 검을 휘두를 없이 짜릿함이 전해져 왔다.

"아앗!"

스턴에 걸린 사내의 몸은 전기 충격기에 맞은 듯이 부르르 떨더니 곧바로 땅위로 쓰러져 버렸다.

"5초 후에 풀린다. 걱정 말도록!"

곧바로 한성이 다음 타깃으로 시선을 돌리는 순간이었다.

지수의 몸에서 빛이 일어나고 있었다.

"오호!"

현 상황의 혁명단 주제에 이런 상급 스킬을 가지고 있다는 것은 꽤 놀라운 일이었다.

좌아아앗!

순간적으로 짧은 마나의 기운이 폭발하는 순간 지수의 몸은 허공으로 솟구치고 있었다.

한성의 시선이 허공으로 떠오른 그녀에게로 향했다.

순식간에 10M를 넘게 떠오른 지수의 의지는 충분히 전해져 왔다.

'승부수를 던지는 군!'

그녀의 후드속에 감추어졌었던 활이 모습을 드러냈다.

한성을 향해 겨누고 있는 활은 한 눈에 보아도 상급 중에도 최상급 무기라고 생각 되었는데 한성의 눈썰미는 활에 모여 있는 마나의 기운에 향하고 있었다.

'다섯!'

검이나 창 같은 무기에 연타 스킬이 있었다면 활에는 연사 스킬이 있었다.

보통 활을 주 무기로 쓰는 자들 중 상위의 실력자들은 동시에 마나 화살을 날릴 수 있었는데 실력에 따라 동시에 날릴 수 있는 화살의 개수가 달랐다.

지수의 스킬은 다섯 개까지 가능했다.

이 정도라면 꽤 상위의 궁수라 말할 수 있었다.

'누나라해서 과장되게 말한 줄 알았는데 뛰어나다. 합격자 한명 추가!'

스태프를 든 여자 뿐 아니라 그녀 역시 민석이의 설명대로 훌륭한 실력을 가지고 있었다.

촤아아앗!

한성이 피할 거라는 생각까지 했다는 듯이 다섯 개의 화살은 각기 다른 방향으로 내리찍듯이 쏟아져 왔다.

팡! 팡! 팡! 팡! 팡!

하늘에 떠 있던 지수의 눈이 커졌다.

"아!"

한성이 피한다 하더라도 지상에서 피할 거라 생각했는데 오히려 한성은 허공에 떠 있는 자신을 향해 뛰어 오르고 있었다.

허공에 떠 있는 상태에서 지수의 몸은 무방비 상태나 마찬가지였다.

민석이의 외침이 울려 퍼졌다.

"누나!"

한 마리 매가 허공에 떠 있는 먹이를 낚아 채 듯이 한성의 팔이 지수의 허리를 감으며 그대로 한성은 지상으로 스킬을 최대한도로 발동시켰다.

'속공!'

공중에서도 속공 스킬은 발산된다는 듯이 한성의 몸은 지수를 붙잡은 채로 급강하한 채로 떨어지기 시작했다.

"꺄아아아악!"

이 상태로 머리를 지상에 박게 하면 지수는 그대로 으깨질 것이 분명했다.

지상에 처박는 순간 한성의 한 손이 머리를 감싸 주었다.

착!

지상에 착지한 한성의 한손이 그녀의 허리를 받치고 있었고 다른 한손은 머리를 들어주고 있었다.

놀란 가슴을 쓸어내리고 있는 지수의 귀로 한성의 목소리가 들려왔다.

"혁명의 불꽃은 일어났다."

그때였다.

"누나!"

민석이는 아직까지도 한성이 그녀를 해치려 한다고 생각하고 있었다.

한성은 민석이의 목소리가 들려오는 쪽을 바라보았다.

검날이 보였다.

자신처럼 날카롭지도 위력적이지도 않았지만 과거처럼 넘쳐흐르고 있는 패기는 충분히 전해져 오고 있었다.

"잠, 잠깐!"

민석이를 향해 지수가 손짓을 하는 순간에도 민석이의 검은 멈출 줄 모르고 있었다.

민석이의 검을 보니 반가운 마음이 가득했다.

한성이 빙긋 웃으며 말했다.

"넌 합격이다."

가볍게 중얼거린 한성은 가볍게 고개를 젖혔다.

민석이의 검이 얼굴 위를 스치고 지나갔다.

정확하게 한성이 의도한 간격을 두고 검이 스쳐지나가고 있었지만 한성의 시선은 하늘로 향하고 있었다.

검날과 함께 짧게 보이는 제주도의 하늘은 맑고 높았다.

얼마 후.

안범수의 휴대폰을 뒤지고 있던 민석이 범수가 말했다.

"찾았습니다! 이명기 관리자와 통화한 흔적 있습니다!"

"오오!"

"문자도 기록되어 있습니다!"

지금까지 한성의 말을 반신반의했던 혁명단 단원들은 이제 한성의 말을 믿기 시작하고 있었다.

모두의 시선은 다리가 부러진 채 움직이지도 못하고 있는 범수에게 향했다.

"어쩐지 이 자식 수상하다고 했어!"

"이제 어쩌죠? 우리들 모두 다 신고했을 텐데?"

"지금 당장 이곳에서 피해야 하는 거 아니야?"

어느새 이들은 리더인 지수가 아닌 한성의 눈치를 보고 있었다.

이들은 아직까지 한성의 정체는커녕 이름조차 알지 못하고 있었다.

다만 자신들을 위기에서부터 구해주고 믿기지 않은 강함을 보여준 한성에게 이들은 어느새 호의적인 시선을 보내고 있었다.

한성은 지수에게 물었다.

"제주도 혁명단 중에 각성자들의 숫자는?"

생전 처음 보는 자에게 함부로 말해 주기 어려운 정보였지만 이미 한성이 아군이라는 사실은 증명되었다.

지수는 솔직하게 답했다.

"21명입니다."

이곳뿐만 아니라 제주도의 다른 곳에서도 암살을 위한 준비는 진행되어지고 있었다.

일단 실패할 암살을 막는 것이 우선이었다.

"당장 취소 시켜라."

지수는 머뭇거렸다.

한성이 목소리를 높이며 말했다.

"살리고 싶다면 말이다! 혁명단원을 이런 곳에서 시작도 하지 못하고 죽게 만들 생각이냐?"

지수는 한성의 목소리에서 진심이 느껴졌다.

분명 이 자는 자신들과 아무런 상관이 없는 자가 분명했는데 이상하게도 자신 이상으로 혁명단원을 걱정하는 마음이 전해져 오고 있었다.

지수는 곁에 있던 사내에게 허락의 눈짓을 보냈다.

휴대폰을 꺼내 든 사내가 말했다.

"검은 장미는 꺾였다. 다시 반복. 검은 장미는 꺾였다."

암호가 끝나자 침묵만이 감돌았다.

제주에서의 혁명은 시작조차 하지 못하고 끝이 나 버렸다.

혁명단의 분위기는 침울했다.

생명을 구하기는 했지만 한편에서는 오랜 기간 동안 준비한 혁명이 시작조차 하지 못했다는 사실에 혁명단의 얼굴에는 실망감이 가득했다.

그때였다.

"어휴! 이 자식을 그냥!"

배신자에게 당한 것이 분한 듯 망치를 들고 있던 탱커는 당장이라도 범수의 머리에 망치를 내리찍을 듯 하고 있다.

당장이라도 머리를 으깰 것 같은 거대 망치가 눈앞에서 아른거리고 있었지만 범수는 오히려 당당했다.

"새끼들 너희들 다 죽었어! 지금이라도 살고 싶으면 나를 치료하고 풀어줘! 그러면 내가 관리자에게 부탁해 선처라도 해 주겠다!"

초등학생도 믿지 않을 말에 한성은 비웃음을 흘렸다.

"풋!"

"비웃지 마라! 지금 쯤 관리자가 보낸 경호원들이 오고 있을 거다! 네 놈들 다 죽었어!"

범수의 엄포에 몇몇 혁명단들은 겁을 먹은 듯이 흔들리고 있었다.

이미 암살에 대한 정보는 흘러 들어갔고 혁명이 실패한 지금 관리자가 가만있을 리는 없었다.

한성은 담담히 대꾸했다.

"웃기지 마라. 네 놈 아직 명단은 제공하지 않고 있는 거

알고 있다."

한성의 말에 혁명단원들은 반가웠고 범수의 입에서는 감출 수 없는 비명이 토해졌다.

"허억!"

당황함은 한성의 말이 사실이라는 것을 의미했다.

이 당시 벌어졌었던 일은 이미 민석이를 통해서 상세히 알고 있었다.

한성은 말을이었다.

"네 놈 몸 값 올리려고 아직 명단 건네지 않은 거 다 알고 있다. 근데 너 상대를 잘못 골랐어. 관리자는 네 놈 주제에 딜을 할 상대가 아니야. 혁명단이 실패한 후에 네 놈도 죽어."

제주도 관리자 이명기는 배신자를 그대로 받아들이는 성격이 아니었다.

암살이 실패한 후 범수 역시 그대로 제거되어 버렸었다.

범수의 얼굴이 창백해졌다.

어디선가 갑자기 나타난 사내는 자신의 계획을 모두 다 망쳐 놓고 있었다.

이제 살길은 애걸 밖에 없었다.

순식간에 태도는 돌변해 버렸다.

"살, 살려주시오!"

애걸에도 한성은 가차 없었다.

"난 배신자를 아주 싫어해서 말이야."

한성이 범수의 이마에 손을 가져가는 순간 짧은 빛이 반짝였다.

"커억!"

범수의 입에서 피가 토해지는 것과 동시에 범수는 숨을 거두고 말았다.

곧이어 한성은 저항군들을 바라보며 말했다.

"네놈들. 지금 실력과 이 장비 가지고는 혁명은커녕 저항도 할 수 없어."

다소 거칠게 말하고 있었지만 한성의 실력을 본 이들 중 누구도 대꾸하는 자는 없었다.

모두가 침묵하고 있는 가운데 의외의 말이 들려왔다.

"그런 면에서 나를 만난 것은 더 할 나위 없는 행운이다."

가볍게 웃어 보인 한성이 말했다.

"네 놈들을 강하게 만들어 주지. 따라오도록."

미리 준비해 놓은 것이 있다는 듯이 한성은 한쪽에 있는 창고로 혁명단을 안내했고 창고의 문을 열었다.

"아! 이건!"

창고 속에는 린으로부터 도착한 국민 아이템 세트가 모여 있었다.

쌓여 있는 아이템을 살펴보던 사내가 말했다.

"이거 국민 아이템인데? 이거 비싼데. 이렇게나 많이?"

최고 등급의 방어구는 아니었지만 이 정도만 하더라도

현재 혁명단이 착용하고 있는 방어구 보다는 훨씬 더 높은 수준이었다.

한성이 말했다.

"선물이다. 24벌 있으니 각성자 전원이 착용하기에는 충분할 거다."

곧바로 한성은 지수를 바라보며 말했다.

"이제 알겠지만 지금 너희들의 실력 가지고는 관리자는 커녕 그의 경호원들조차 건드리지도 못한다. 실력을 키우는 수밖에. 레벨은 물론이고 아이템과 스킬북까지 필요하다. 내가 이끌어 주지."

민석이가 말했다.

"어디서 레벨업을 합니까? 천상계 던전은 갈 수 없고 지하계의 던전 역시 이름난 길드가 아니면 갈 수조차 없습니다. 재정 역시 막막하기만 합니다."

한성은 짧게 말했다.

"곧 월드 던전이 열린다."

"그곳은 천상계 아닙니까? 천상계 던전은 국가 소속이 아니면 갈 수 없는 걸로……."

한성이 고개를 저으며 말했다.

"이번 월드 던전부터 바뀐다. 지금 열린 월드 던전은 기존의 월드 던전과 다르게 규모가 크다. 총 12만 명까지 입장 가능. 12지역구에 배당된 인원은 1만명. 대한민국에서는 4000명이 할당 된다."

아직 공식적인 발표가 있지 않았지만 한성은 이미 곧 벌어질 사실을 알고 있었다.

세 번째로 열리는 천상계 3단계 던전은 크기가 대한민국만큼이나 컸고 지금껏 있었던 던전과는 차원이 다른 대규모 전쟁이 벌어지는 곳이었다.

지금까지 던전에서 소규모 집단으로 보낸 것과는 다르게 이번 월드 던전에서는 군대처럼 부대를 만들어 행동하게 되었다.

한번에 4000명이라는 대규모 헌터를 알지 못하는 던전에 보내는 것은 위험을 감수하기에 쉽지 않았다.

어떤 몬스터가 나오는지 모르고 난이도가 높을 것이 분명했으니 각국에서는 최상위 헌터들은 일차로 보내지 않으려 했다.

다만 던전을 점령한 공로에 따른 나라마다 던전의 할당량이 배정되었으니 마냥 실력자들을 감추어 놓을 수는 없었다.

이 탓에 대한민국에서는 국가 소속이 아닌 각성자들에게도 참가할 기회를 주었는데 이 부분이 한성이 노리는 부분이었다.

지금까지 말로만 들었던 월드 던전에 갈 수 있다는 소식에 혁명단의 얼굴은 놀라움에 가득 차 있었다.

그 누구보다 천상계 던전을 가고 싶어 했던 자는 민석이였다.

민석이가 물었다.

"각성자면 아무나 갈 수 있는 겁니까?"

한성이 말을 이었다.

"물론 면접이 있기는 하지만 이 정도 방어구를 가지고 있다면 면접 통과는 어렵지 않을 거다. 월드 던전에서는 단번에 레벨을 크게 상향시킬 수 있을 뿐 아니라 최초로 입장한 각성자들에게는 스킬북과 아이템의 소유권을 준다. 이게 너희들이 힘을 키울 수 있는 유일한 방법이다. 지금 당장은 눈앞의 방어구를 챙겨서 물러서고 훗날을 기억하도록!"

"……."

침묵이 흘렀다.

혁명의 실패, 갑작스러운 실력자의 출현, 그리고 월드 던전 이야기까지 한꺼번에 많은 일 들이 정신없이 일어나고 있었다.

한성은 주먹을 들어 올리며 말했다.

"그리고 그냥 가기는 섭섭하니까 한방은 먹여주지."

곧바로 한성은 범수의 휴대폰을 꺼내 들었다.

'보이스!'

스킬의 발산과 동시에 한성의 목에서 빛이 발산 되었다.

한성은 고개를 흔들며 중얼거렸다.

"내가 이런 스킬을 사용할 줄이야."

곧바로 한성은 범수의 휴대폰에 찍힌 번호로 전화를 걸었다.

"저항군에 대해 신고했던 사람이다. 저항군이 눈치 채고 달아났다. 저항군의 정체를 알고 싶으면 미화 1000만불을 가지고 두 시간 후 내가 찍어주는 주소로 오도록! 저항군에 대한 모든 정보를 주겠다."

곧바로 한성은 전화를 끊었다.

전화를 끊자마자 사방에서는 짧은 비명이 새어 나왔다.

"허억!"

"아앗!"

이들이 놀라고 있는 것은 단지 한성이 관리자에게 전화를 걸었다는 사실 때문이 아니었다.

지금 한성의 목소리는 범수의 목소리와 똑같은 목소리가 나오고 있었다.

이건 바로 생존도에서 에솔릿이 플레이어들을 속였던 보이스 스킬이었다.

❖

몇 분 후.

모든 혁명단원들은 한성이 제공한 국민 아이템을 착용하고 있었다.

새로운 고급 방어구를 얻었다는 생각에 이들은 싸우고 싶어하는 기색이 역력했지만 한성은 손짓을 하며 말했다.

"이제 너희들은 피해 있어라. 너희들의 힘은 월드 던전이 끝난 후 빌리도록 하지!"

한성의 말이 끝나는 순간이었다.

지수가 앞으로 나서며 물었다.

"혼자서 괜찮으시겠습니까? 분명 여러 명이 올 텐데?"

한성은 고개를 흔들었다.

"아니, 나는 가지 않는다. 각성자들을 끌어내려는 작전이다. 아마 지금쯤 적어도 각성자 수십 명이 내가 정해준 장소로 갈 게 분명하다."

지수를 비롯한 저항군들이 의아한 표정으로 한성을 바라보는 순간이었다.

한성이 말했다.

"혁명은 내가 대신해 주겠다."

모두가 놀란 눈으로 제 자리에 멈춘 채 한성을 바라보았다.

모두들 자신의 귀를 의심하고 있었다.

한성이 확인시켜 주겠다는 듯이 말했다.

"너희를 대신해서 이명기를 암살해 주겠다. 개인적인 원한은 없지만 살아 있어서는 안되는 인물이니까 말이야."

원래 이명기는 대혁명이 일어난 후에 혁명단 쪽에 비밀리에 정보를 제공한 인물이었다.

혁명단으로는 최초로 관리자라는 높은 위치에 있는 자가 왔으니 크게 환대했는데 사실 그는 이중 스파이였다.

그는 결정적인 순간에 배신을 했고 그 결과 수많은 혁명단이 죽음을 맞이하게 되었었다.

이 당시 한성은 미국에서 활약을 한 탓에 직접적인 피해를 입지는 않았지만 지금 한성이 활약을 하려는 곳은 대한민국이었다.

그가 살아 있는 이상 제주도에서 혁명단이 움직이는 것은 쉽지 않아 보였다.

어차피 제거해야 할 대상이었으니 경호원들을 끌어 내린 지금이 기회라 생각 되었다.

한성이 말했다.

"물론 성공한다 하더라도 세상은 혁명이 일어났다는 것을 알지는 못할 거다."

민석이가 놀란 표정을 감추지 않고 물었다.

"혼, 혼자서 말입니까?"

"물론. 지금 상황에서 너희들이 따라오면 오히려 짐이 된다. 너희들은 월드 던전에 들어갈 준비나 하도록!"

말을 마친 한성은 성큼 걷기 시작했다.

지수가 급히 한성의 앞으로 다가가 물었다.

"당신은 누구입니까?"

한성이 답했다.

"너희들 이상으로 절대자를 쓰러뜨리고 싶어하는 절대자다."

4. 암살.

회귀의 절대자

4. 암살.

제주도의 하늘이 붉어지고 있었다.

제주도의 선착장.

선착장 근처에는 유난히도 화려한 크루즈 한 대가 바다 위에 떠 있었다.

가면을 쓰고 있는 한성의 시선이 크루즈로 향했다.

백 명이 넘는 탑승객을 수용할 수 있을 정도로 거대하고 화려한 크루즈는 이명기 개인 소유의 크루즈였다.

'저곳이다.'

이미 이명기가 있는 곳은 알고 있었다.

원래 이명기는 혁명단에게 연설을 하기로 한다는 거짓 정보를 흘렸고 실제 그가 머무르고 있는 곳은 크루즈 안이었다.

이곳에 있다는 것은 극비 사항이었지만 접근을 금한다는 듯이 크루즈 주변으로는 경호원들이 탄 보트들이 돌아다니고 있었다.

배도 없고 잠수를 할 수 있는 도구도 없었지만 한성은 물속으로 들어가기 시작했다.

'버블.'

한성의 몸 주변으로 버블이 생겨나는 것과 동시에 한성의 몸은 바다 속으로 깊게 들어갔다.

수 미터 앞도 보이지 않을 바다 속이었지만 거품 안에서 보호 받고 있는 한성은 크루즈를 향해 서서히 이동하기 시작했다.

물속으로 들어간 한성이 크루즈 쪽으로 접근하고 있던 그 시각.

이명기는 침대 위에서 딸 별 되는 여자들과 함께 시간을 보내고 있었다.

얼굴에 검버섯이 가득한 노인이 어루만지고 있었지만 밑에 있던 아가씨들은 즐거운 듯이 꺄르르 웃고 있었다.

"그래, 웃어라. 웃어. 한번 웃어 줄 때마다 10만원씩 더 주지."

이명기의 머릿속에는 혁명단 보다는 자신의 배 밑에 깔려 있는 아가씨들에게 온 정신을 집중시키고 있었다.

"캬아. 스킬 중에 밤 기술 스킬은 없단 말이야. 레벨이 50이 되었지만 이상하게 밤 일만큼은 그 체력이 유지가 안 돼. 만일 가능했으면 너희들 모두 다 기절 시켜 버릴 수 있었을 텐데 말이야. 큭큭큭."

저항군이 자신을 암살하려 한다는 정보는 이미 알고 있었다.

대외적으로 자신은 서귀포 시청에서 연설을 한다는 거짓 정보를 흘려 놓았다.

정작 자신은 외부와 차단된 안전지대에 있었고 저항군이 나타날 곳에는 대규모의 각성자들이 미리 대기를 하고 있었다.

사실 레벨 50을 달성한 이명기에게 혁명단은 두려운 존재가 아니었다.

다만 만에 하나라도 불의의 사고를 당할지 모른다는 생각을 할 정도로 이명기는 치밀했다.

헌데 어찌된 일인지 저항군은 등장하지 않았다.

저항군이 나타나지는 않았지만 저항군에 심어 놓은 자는 연락을 취해 왔고 지금쯤 모두 다 소탕되었다고 생각하고 있던 순간이었다.

똑! 똑!

안에서 무슨 일이 일어나는지 알고 있다는 듯이 노크 소리가 들려왔지만 문은 열리지 않았다.

문 밖에서 경호원의 목소리가 들려왔다.

"안범수라는 자에게서 연락 받은 곳으로 가보았지만 아무도 없습니다. 저항군은 전혀 모습을 드러내지 않았습니다."

이명기는 대수롭지 않다는 듯이 답했다.

"알겠다. 철수 시켜라."

"……"

잠시 머뭇거리던 경호원의 목소리가 이어졌다.

"에, 그게 안범수가 지정한 장소가 하필이면 헬기로도 갈 수 없는 외딴 섬이었습니다. 또한 파도가 심해 현재 경호원들이 돌아오는데에 애를 먹고 있습니다."

자신의 몸 밑에 깔린 여자의 몸을 탐닉하면서도 이명기의 머릿속은 빠르게 움직였다.

'예정된 암습의 취소. 배신자의 거짓 정보. 거기다 경호원을 뺐다. 흐음.'

여자들의 몸을 만지작거리고 있던 명기의 손이 멈추었다.

"의도적이군."

"명단을 미리 받아두어야 됐다고 생각합니다. 현재로서는 누가 저항군에 소속이 되어있는지 알 길이 없습니다."

싸늘함이 전해져 왔다.

관리자라는 직함은 그냥 얻을 수 있는 직함이 아니었다.

웃고 있던 여자들의 표정이 바뀌었다.

지금 무서운 표정을 지으며 몸을 일으키고 있는 이명기의 모습에서 조금 전 방탕한 늙은이의 모습은 전혀 찾아 볼 수 없었다.

이명기는 곧바로 옷을 주워 입었다.

"예상외의 일이 벌어질지도 모르겠구나."

방어구를 챙긴 명기는 문을 열며 밖으로 나왔다.

"라이거를 대기 시켜라."

경호원이 놀라며 물었다.

"그, 그자를 말입니까?"

저항군이 눈치를 챘다 하더라도 이명기가 이곳에 있다는 사실을 알고 있을 리는 없었다.

이명기가 신중한 성격이라는 것은 알고 있었지만 너무 과도게 행동하는 것 같았다.

더군다나 라이거라는 인물은 별로 가깝게 하고 싶지 않은 인물이었다.

"밥값은 하게 해야지. 쓸모없게 폐물이 된 놈. 상대를 파악하는 데라도 써야지."

경호원은 고개를 흔들며 말했다.

"설마 이곳으로 올까요? 이곳에 계시다는 것을 알고 있는 자들은 극소수인데."

이명기는 고개를 흔들며 말했다.

"내, 직감은 틀리지 않아. 누군가 분명히 온다."

크루즈 근처에 도착한 한성은 갑판쪽을 바라보았다.

경호원들의 숫자는 많지 않은 걸로 보였는데 한성은 한쪽 난간으로 팔을 뻗었다.

한성의 손에는 체인의 사슬이 장착되어 있었다.

'늘어나!'

촤아아앗!

여섯 개의 사슬 중 한 개가 반응을 하며 뻗어 나갔다.

사슬은 뻗어 나가면 난간에 고리를 걸 듯이 걸었다.

난간에 묶인 사슬을 확인한 한성이 마음속으로 명령을 내렸다.

'줄어들어!'

촤아아앗!

곧바로 늘어났던 사슬이 줄어드는 것과 동시에 한성의 몸은 난간 위로 향했다.

배의 갑판으로 향하고 있던 한성은 도약 스킬을 시전 했다.

순식간에 사슬의 끌어당기는 힘과 도약 스킬이 어우러지자 순식간에 한성의 몸은 갑판 높은 곳 위로 뛰어 올랐다.

허공에 떠 있는 한성의 눈에 갑판 위의 타깃들이 보이고 있었다.

"나왔다!"

각성자들이 무기를 꺼내들고 있는 순간이었다.

'알고 있었다.'

상대 역시 자신이 올 거를 예측하고 있었다.

한성의 두 팔이 펼쳐지는 순간이었다.

좌아아아앗!

여섯 개의 사슬은 약속이라도 한 듯이 창처럼 곧게 뻗어 나가기 시작했다.

경호원들은 재빨리 흩어졌지만 뻗어나간 사슬 역시 각기 흩어 지며 지정된 목표물을 향해 뻗어갔다.

여섯 개의 추가 연이어 명중되는 소리가 울려 퍼졌다.

퍽! 퍽! 퍽! 퍽! 퍽! 퍽!

"우아아아악!"

한성이 사용한 켈로비스의 사슬은 차원이 다른 무기였다.

여섯 명의 각성자들은 일격에 제 자리에 쓰러져 버렸다.

순식간에 여섯 명이 제거 되었지만 한성은 긴장감을 늦추지 않고 있었다.

상대는 자신이 올 것을 알고 있었으니 분명 대비책을 마련했을 것이 분명했다.

선실 쪽에서 이명기로 추측되는 나이든 목소리가 들려왔다.

"아, 이럴 것 같았어. 처음 계획이 틀어지면 계속 비틀어지더라고. 근데 고작 한명을 보냈다니 이건 나를 너무 무시하는 것 같은데?"

목소리가 들려온 쪽을 향해 한성이 말했다.

"나와라."

문이 열렸다.

한성의 눈이 커졌다.

'으음?'

전혀 상상할 수 없는 사내가 이명기 대신 모습을 드러내고 있었다.

'이자는?'

검은 정장을 차려 입고 있었지만 지금 이자는 인간이 아니었다.

지금 한성의 앞으로는 사자 얼굴을 하고 있는 몬스터가 앞으로 걸어 나오고 있었다.

'HNPC!'

몬스터는 던전 또는 생존도 밖으로 나올 수 없었으니 지금 눈앞에 나타난 자는 HNPC일 수 밖에 없었다.

사자 얼굴의 몬스터가 말했다.

"졸을 잡았으니 이제는 중간보스를 상대해야겠지? 내가 중간 보스다. 내 이름은 라이언. 누구한테 죽었는지는 알고 죽도록."

라이언이라는 이름을 듣는 순간 떠오르는 HNPC가 있었다.

한성이 생존도에 참가했던 몇 해 전의 초창기 생존도 HNPC 승리자가 바로 이자였다.

다만 에솔릿과는 다르게 이자는 막강함을 갖추지는 못했다.

즉 쉽게 말해 실패작이었다.

디케이와 또 다른 HNPC였던 늑대인간이 떠올라 왔다.

"네 놈 얼굴을 보니 동물농장이 생각나는데 갑자기 기분이 안 좋아지는군."

순간 한성의 시선이 라이언의 한쪽 팔로 향했다.

특이하게도 한 쪽 팔 대신 의수가 보이고 있었다.

특이한 점은 또 있었다.

라이언에게서는 술 냄새가 진득하게 전해져 오고 있었다.

제대로 움직일 수나 있는 지 라이언은 걸음조차 비틀거리고 있었다.

이건 HNPC가 아니라 사자 머리를 가지고 있는 폐인이나 다름없었다.

한성이 무슨 생각을 하는지 알고 있다는 듯이 라이언이 말했다.

"후후후, 에솔릿 한테 시비를 걸었는데 그만 패해 버렸다네."

라이언은 의수가 박힌 팔을 들어 보였다.

"그리고 이쪽 팔은 에솔릿한테 먹혀 버렸지."

"호오. 그래서 강등되어 이쪽으로 온 건가?"

"뭐 덕분에 이런 경치 좋은 제주도에 와 있으니 이것도 나쁘지는 않아."

말을 마친 라이언은 곧바로 한성을 향해 달려가기 시작했다.

달려들고 있었지만 아무런 무기도 꺼내지 않았고 가장 기초적인 속공 스킬 역시 발산되지 않고 있었다.

마치 자살하겠다는 듯이 정면으로 달려드는 모습에 오히려 당황한 쪽은 한성이었다.

'함정? 하지만 어떤?'

이렇게 죽여 달라는 듯이 정면으로 달려오는 상대는 처음 보는 상대였다.

한성은 뒤로 물러서며 손을 겨누었다.

좌아아아앗!

여섯 개의 사슬이 늘어나며 동시에 한성이 노린 머리, 목, 심장 부위에 정확하게 명중되고 있었다.

퍼어억!

라이언은 그대로 쓰러져 버렸다.

상대가 너무 쉽게 상대가 당했다는 것에 한성이 의심하고 있을 때였다.

라이언의 힘겨운 목소리가 들려왔다.

"고, 고마워."

죽음을 맞이하고 있었지만 라이언의 표정은 평온했다.

그제야 한성은 라이언의 의도를 읽었다.

'죽을 생각이었구나!'

처음부터 라이언은 더 이상 살 생각 자체가 없었다.

그때였다.

이명기가 모습을 드러냈다.

"쯧쯧, 이런 한심한⋯⋯. 아무리 에솔릿에게 밀려서 폐물이 되었다고는 해도 이렇게까지 망가졌을 줄이야. 이건 미끼 역할도 제대로 하지 못했잖아? 뭐 어찌 되었던 중간 보스를 제거한 거 축하하네. 이제 최종보스까지 왔군."

한성이 대꾸했다.

"네 놈은 최종 보스가 아니다. 최종 보스는 절대자다."

절대자를 목표로 한다는 말에 명기는 가소롭다는 듯이 웃음을 흘렸다.

"훗!"

명기가 말했다.

"가면을 쓰고 있군. 늘어나는 무기를 가지고 있고 이곳까지 올 실력이라면 뛰어난 각성자임에는 분명하니 분명 관료직에 있는 자로군. 쯧쯧, 이 실력을 가지고 저항군과 함께 하다니 잘못된 선택이야."

50대 후반의 노인네로 보였지만 방심은 할 수 없었다.

'레벨은 같다.'

전투에서 많은 이들이 가장 크게 혼동을 하는 것이 상대의 모습이었다.

아무리 어린아이나 노인의 모습을 하고 있다 하더라도 레벨이 같다는 것은 기초 체력이 비슷하다는 것을 의미했다.

명기가 한성의 손에 착용된 사슬을 바라보며 말했다.

"신기한 무기를 사용하는 군. 하지만 나는 요상한 무기를 쓰는 자들 중에 뛰어난 실력자를 본적이 없다."

"이제 볼 거다."

명기는 검을 꺼내 들었다.

"후후후! 마승지 사도님께 하사 받은 이 검을 쓸 줄이야."

외형만큼은 초라해 보이는 검 이었지만 한성의 눈은 이미 검을 꿰뚫어 보고 있었다.

'늘어나는 검! 거기에 폭파 스킬까지 붙어 있다!'

지금 이명기가 들고 있는 검은 백호의 검처럼 확장 수준이 아닌 훨씬 더 길게 늘어나는 무기였다.

더구나 지금 명기가 들고 있는 무기는 늘어날 뿐만 아니라 폭파 스킬까지 붙어 있는 검이었다.

지금 시점에서 이런 무기는 천상계가 아니면 볼 수조차 없는 무기였다.

곧바로 명기의 몸에서 속공 스킬이 발산 되었다.

좌아아앗!

한성이 뒤로 물러서며 손에서 사슬이 뻗어나가는 순간이었다.

챙! 챙! 챙!

노인의 움직임 이라고는 전혀 생각할 수 없는 검술이 한성의 검을 튕겨내고 있었다.

달려오는 명기가 외쳤다.

"근접전이 두렵지? 내가 붙을까 두렵지?"

과거 한성이 체인을 상대했을 때처럼 이명기 역시 늘어나는 사슬을 사용하는 한성이 근접전에는 약하다고 생각하고 있었다.

순간 명기는 하늘로 뛰어 올랐다.

"걱정 마라! 떨어져서 싸워주마!"

명기는 한성을 향해 검을 겨누었다.

촤아아앗!

검은 가늘게 늘어지며 한성을 향해 떨어져 오고 있었다.

한성이 피하는 순간이었다.

이명기가 회심의 미소를 머금었다.

'걸렸다! 폭파!'

한성을 지나쳐간 검은 그대로 폭발음을 내고 있었다.

콰과과과강!

폭탄이 터진 것 같은 위력에 선착장 위의 갑판이 산산조
각 나버렸다.

'끝! 허걱!'

미소 짓고 있던 명기의 눈이 커졌다.

"오옷!"

한성은 허공으로 뛰어 오르고 있었다.

늘어나는 무기는 피할 수 있을 거라 생각했지만 그 뒤에
따라오는 폭파 스킬까지 피할 줄이라고는 생각하지 못했다.

선상위로 착지를 하면서도 명기는 놀라고 있었다.

'어떻게 알고 있지?'

폭파 스킬이 숨어 있다는 것을 알 고 있는 사람은 극소수
에 불과했다.

그때였다.

허공으로 떠오른 한성의 왼손이 움직였다.

촤아아앗!

"어림없다!"

검으로 사슬을 튕겨내려는 순간이었다.

휘리리리릭!

"어엇!"

한성의 왼손에서 뿜어져 나간 사슬은 명중을 노리지 않았다.

살아있는 생명체처럼 세 개의 사슬은 그대로 검을 붙잡은 명기의 손을 감싸 버렸다.

한성이 체인을 상대했을 때 체인이 한성의 공격을 막았던 것처럼 지금 한성의 사슬은 꽁꽁 묶어 버리겠다는 듯이 이명기의 검과 그의 팔을 붙잡고 있었다.

자신의 검과 팔이 동시에 붙잡히자 이명기의 눈이 커졌다.

지금 한성의 오른쪽 사슬은 자신을 향해 날아오고 있었다.

촤아아아앗!

"이익!"

한쪽 팔이 붙잡혀 있는 상황에서도 날아오는 세 방의 사슬을 피하는 순간이었다.

한성의 공격은 명기를 노린 것이 아니었다.

명기 뒤쪽의 난간에 사슬이 걸리는 순간이었다.

'줄어! 속공!'

촤아아앗!

사슬이 줄어드는 것과 동시에 속공스킬까지 더해 졌으니 명기가 반응을 할 사이도 없이 한성의 몸은 그의 코앞에 와 있었다.

"난 근접전을 더 좋아한다!"

한성의 외침이 끝나는 순간이었다.

"격노!"

어느새 한성의 오른손에는 빛을 머금고 있었다.

피해야 한다는 것을 알고는 있었지만 붙잡고 있는 사슬은 자신의 몸을 놓아주지 않았다.

모든 힘을 순간적으로 한 점에 모아 공격하는 격노 스킬은 그대로 명기의 복부를 강타했다.

"크어어어억!"

사정거리가 짧고 마나의 기운을 모으는 데에 시간이 걸리는 탓에 자주 쓸 수 없는 격노 스킬이었지만 일단 명중되면 가차 없었다.

마나의 불꽃이 몸을 꿰뚫듯이 파고들며 명기의 모든 내장 기관이 산산조각이 나고 있었다.

"커어어어억! 이, 이런 일이."

믿을 수 없다는 듯이 한성을 바라본 이명기는 피를 토하며 숨을 거두었다.

5. 월드 던전.

회귀의 절대자

5. 월드 던전.

　일주일 후.

　제주도 도지사가 사망을 했지만 언론 어디에서도 혁명단에 대한 말은 찾아 볼 수 없었다.

　이명기는 사고로 사망한 것으로 짧게 발표 되었으며 국민들 중 그 누구도 의심을 품는 자는 없었다.

　사실 지금 대중들에게 도지사의 죽음은 관심 사항이 아니었다.

　월드던전.

　전 세계 모든 나라들이 경합을 벌리는 월드 던전의 시작이 곧 펼쳐질 예정이었다.

　미국과 중국의 입김이 작용된 월드 던전의 배분은 한성의 예상대로였다.

12지역구의 모든 지역구가 공정하게 일만 명씩 던전으로 보내 세운 공로를 기준으로 던전 점유를 나누기로 하였다.

얼핏 보면 공정해 보였지만 실상은 달랐다.

다른 나라와는 다르게 중국과 미국은 그 어떤 나라와도 연합되어 있지 않은 독자적인 지역구였다.

즉 미국과 중국은 자동적으로 자국의 헌터 1만명을 보낼 수 있었는데 다른 지역구들의 사정은 달랐다.

12지역구는 북한, 일본, 대만, 그리고 대한민국이었다.

한성의 기억처럼 대한민국에게 할당된 4000명 중 1000명은 국가 소속이 아닌 일반 길드에서 뽑았다.

국가에 소속되어 있지 않은 자들에게 이건 더할 나위 없는 기회였다.

천상계의 아이템을 선점할 수 있다는 점에서 대한민국의 각성자들은 크게 한탕을 노리고 지원을 했으며 민석이와 지수를 포함한 혁명단원 중 24명은 모두 다 월드 던전에 참여할 자격을 얻을 수 있었다.

천상계.

절대자가 살고 있는 곳.

아직 사도와 상위의 관리자들을 제외하고는 그 누구도 가 본적 없는 절대자의 탑이 보이고 있었다.

과거 자신은 이곳에서 쓰러졌었다.

한성이 절대자의 탑을 바라보고 있는 가운데 목소리가 들려왔다.

"던전 입장해 주세요!"

절대자의 탑을 한번 노려본 한성은 곧바로 던전을 향해 발걸음을 옮겼다.

이미 50레벨을 달성한 한성으로는 그 이상의 레벨을 올리기 위해서는 반드시 천상계의 던전에 입장을 해야 만했다.

전세계에서 모여 든 헌터들이 던전에 입장하기 위해 줄을 서고 있었다.

모두가 같은 던전에 입장하고 있었지만 시작 지점은 달랐다.

이미 입장 구역은 배정되어 있었는데 던전 입장문의 숫자는 12개였다.

던전 입구 위쪽으로는 천상계 던전의 지도가 축소되어 보이고 있었는데 마치 시계를 연상케 하는 모습이었다.

12지역구에 속한 대한민국이 시작하는 부분은 가장 북쪽이었다. 1지역구의 미국이 1시 방향 이었고 11지역구의 중국이 11시 방향이었다.

'미국과 중국 사이에 끼어 있다.'

과거 대한민국이 서둘렀던 이유가 이곳에 있었다.

던전의 보스는 중앙 지점에 있었는데 대한민국은 양쪽에서 거침없이 진격하는 두 대국의 모습에 고무되어 지나칠 정도로 속도를 내었다.

그리고 그 결과는 혹독하게 돌아왔었다.

그때였다.

하나 같이 최상위 등급의 방어구를 갖추고 있는 미국 헌터들이 입장하는 모습이 보였다.

"우와. 저 검 좀 봐! 창도 수준이 달라!"

"저! 스태프는 얼마짜리지? 어떻게 저런 걸 일개 헌터들이 가지고 있을 수 있는 거야?"

전 세계 모든 헌터들은 미국 헌터들이 장착한 무기와 방어구를 부러워하고 있었는데 미국 헌터 쪽에서는 반대로 깔보는 시선을 보내고 있었다.

"발목 붙잡지 마라!

"푸푸풋! 저런 싸구려 방어구를 가지고 가다니 자살이군."

각성자들끼리는 모든 언어들이 자동으로 번역되어졌다.

즉 지금 던전에 있는 자들에게 언어에 대한 불편함은 전혀 없었다.

조롱은 그대로 전해져오고 있었고 몇몇 이들은 서로 다툼을 벌이고까지 있었다.

사실 이들은 모두 경쟁자들이나 마찬가지였다.

던전에서 세운 공로가 많을수록 더 많은 던전의 소유권을 얻을 수 있었으니 바꾸어 말하면 이들은 모두 엄청난 돈을 눈 앞에 놓고 겨루고 있는 것이나 마찬가지였다.

제 1의 우승후보는 미국.

가장 큰 라이벌인 중국 헌터들을 바라보며 말했다.

"훗! 인구수가 많다고 이기는 게 아니야."

"세계 일등이 누구인지 보여주지."

미국과 중국 헌터들의 눈에는 다른 나라 헌터들은 보이지도 않는다는 듯이 서로 눈에 불꽃을 튀기고 있었다.

이들은 모르고 있었다.

아무리 천상계 던전이 천문학적인 금액을 제공한다 하더라도 이들은 이곳이 얼마나 무시무시한 곳인지 알지 못하고 있었다.

큰 희생을 치루고 나서야 가까스로 점령한 3단계 월드 던전에서 미국이 1위를 하였고 중국이 근소한 차이로 2위를 하였었다.

당시 대한민국은 33위.

12지역구의 네 나라 중에 최하위였다.

처참할 정도로 박살난 대한민국은 월드 던전에서 기회를 잡기는커녕 헌터들의 숫자만 잃어버리고 큰 손실을 입었다.

12지역구 중에서는 북한이 전 세계 8위로 가장 많은 공을 세웠었다.

물론 지금은 그때와 다를 것이다.

한성 입장에서는 대한민국의 순위보다 자신과 혁명단을 강하게 만드는 것이 더 중요했다.

한성은 어둠이 가득한 동굴 모양의 입구 안으로 들어가기 시작했다.

인간의 탐욕을 노리는 절대자가 입을 벌리고 있는 것 같
았다.

❖

던전을 입장하자 동양인들만이 가득했다.

12지역구 헌터들이 배정 받은 장소인 탓에 하나 같이 동
양인들만 보이고 있었는데 익숙한 얼굴들이 보이고 있었
다.

벌써 이름조차 희미해진 이들은 과거 한성과 함께 던전
에 참여 했던 인물들이었다.

자신이 회귀를 한 탓인지 월드 던전이 열린 시기가 앞당
겨 졌지만 던전에 참여한 인물들에게 변화는 크게 없는 듯
보였다.

그때였다.

익숙한 목소리가 들려왔다.

"이쪽이다!"

최승기.

과거와 마찬가지로 그는 이번에도 군단장 역할을 맡게
되었다.

나이는 한성보다 열 살 가량 많았지만 그는 한성과 허울
없이 지낸 사이였다.

실력도 뛰어난 편이었고 인성도 괜찮았지만 그는 월드

던전에서 죽음을 맞이했고 한성은 그 부분을 두고두고 아쉬워했다.

승기는 한성을 향해 말했다.

"군단장으로 임명된 것 축하하네!"

월드 던전은 과거 그대로의 모습이었지만 자신에게는 달라진 점이 있었다.

과거 한성은 일개 헌터로 월드 던전에 참여 하였는데 지금은 지휘관으로 참여하게 되었다.

던전에 들어오기 전에 한성은 또 한 번 승격이 되었다.

한성은 이번 월드 던전에서 군단장 역할을 맡게 되었다.

대한민국은 4000명의 헌터들을 8개의 군단으로 편성했는데 한성은 7군단의 지휘자로 임명 되었다.

생존도에서 온지 얼마 되지 않은 자신에게 소규모 인원이 아닌 무려 500명이나 되는 헌터들의 지휘를 맡긴다는 것은 쉽게 이해가 가지 않았는데 자신에게 배정받은 헌터들의 명단을 확인한 한성은 관리자의 의도를 읽을 수 있었다.

'버리는 패란 말인가?'

자신이 지휘하게 될 헌터들은 하나 같이 외부에서 온 헌터들이었다.

아직 월드 던전은 탐색조가 확인조차 하지 못한 던전이었다.

무엇이 나올지 얼마나 강한 몬스터들이 나올지 모르는 가운데 무작정 돌격하는 것은 자살이나 다름없었다.

당연히 국가에서는 검증된 헌터들을 아낄 것이 분명했다.

사도나 관리자 같은 최상위 각성자들은 물론이었고 일반 헌터들이라 하더라도 어중이떠중이 모인 헌터들 보다는 아낄 것이 분명했다.

즉 가장 위험한 일을 맡아야 될 곳은 자신이 이끄는 군단이 될 것이 분명했다.

최승기가 목소리를 낮추며 말했다.

"사실 이건 비밀인데 말이야 지금 대한민국 헌터들의 숫자는 3900명이야. 100명이 비어 있다고."

일반 던전과는 다르게 월드 던전은 입장에 쿨 타임이 있었다.

12만명이라는 정해진 입장인원이 차면 일정 시간이 지나기 전 까지는 외부에서 단 한명도 들어올 수 없었다.

어느 정도 예상은 했다.

포돌스키는 처음부터 총 인원을 집어넣는 것 보다 상황을 보다가 최정예 100명을 투입할 생각을 가지고 있었다.

"또 이것도 비밀인데 말이야. 분명 자네가 이끄는 7군단이 제 1의 탐색조가 될 것 같아. 몸 조심하라고. 여차하면 뒤로 혼자 빠져."

과거에도 가장 큰 희생을 치룬 자들은 선두에선 자들이었다.

이것 역시 예측했다.

자신의 행동은 모두 다 보고되었을 것이 분명했다.

도박과 술, 그리고 여자에 중독되어 있는 자신을 버린다는 느낌이 들었다.

더 이상 높은 직위에 쉽게 오르지 못할 거라는 생각이 들었지만 오히려 반가웠다.

한성의 머릿속에는 월드 던전에 관한 모든 기억들이 남아 있었다.

이미 나올 몬스터들을 알고 있는 이상 다른 이들의 눈치를 보지 않고 활약하는 것이 더 수월할 것 같았다.

최종 보스인 드래곤은 돌아다니지 않았으니 걱정할 필요가 없었고 걱정해야 할 것은 단 하나.

'건틀릿.'

분명 건틀릿은 천상계에서 자신을 기다리고 있겠다고 말했었다.

그가 진짜로 기다리고 있는지는 알 수 없었지만 월드 던전이 과거와 바뀐 부분이 있다면 그건 건틀릿의 존재일 것이 분명했다.

한성의 시선이 시작 지점으로 향했다.

멀리 앞쪽으로는 푸른빛 배리어가 보이고 있었다.

아티팩트를 보호하고 있는 초록빛 배리어가 몬스터의 접근을 막는 배리어라면 지금 푸른빛의 배리어는 헌터들의 출입을 막고 있는 배리어였다.

아직 시작 시간이 되지 않았다는 듯이 배리어는 헌터들의 출입을 금하고 있었다.

승기가 한쪽을 가리키며 말했다.

"아직 던전 확인 안했지? 저기에 지도가 있으니 보라고! 물론 자세한 부분은 나와 있지 않지만 일단 대략적인 거라도 확인해 보라고."

허공에는 커다란 지도가 보이고 있었는데 중간 지점에 몇몇 반짝이는 세이프 타워 만이 보이고 있었고 다른 부분들은 검은 색으로 감추어져 있었다.

이미 지도는 한성의 머릿속에 있었으니 한성의 시선은 지도가 아닌 지도 밑에 있는 도우미의 설명 창으로 향했다.

요정을 연상케 하는 모습의 도우미의 모습이 보이고 있었다.

도우미의 아래쪽에는 모두가 볼 수 있는 커다란 게시판이 있었는데 짧게 안내를 하고 있었다.

[월드 던전. 3스테이지로 구성되어 있음. 1, 2스테이지를 통과하면 이곳으로 돌아올 수 있는 세이프 타워를 이용가능. 던전 보스는 드래곤. 먼저 잡는 사람이 임자. 스코어는 하단에 적혀 있음. 1시간 30분 후 시작.]

한성의 시선이 아래쪽 스코어보드들로 향했다.

모든 스코어보드의 숫자는 0이었다.

인간들의 경쟁 심리를 자극하기 위해서인지 타 지역구의 스코어까지 나타나 있었다.

대한민국을 비롯한 몇몇 나라들이 서두른 이유가 이곳에 있었다.

시작과 동시에 중국과 미국의 스코어는 빠르게 올라갔고 이건 그들의 점유율이 높아진다는 것과 동시에 자국의 점유율이 낮아진다는 것을 의미했다.

한성의 시선은 반대쪽 하늘에 반복되어 나타나고 있는 영상으로 향했다.

허공에는 정부에서 준비한 영상 스킬이 펼쳐져 있었다.

포돌스키의 모습이 보였다.

[안녕하십니까. 자랑스러운 헌터 여러분들! 사실 제가 직접 가야 하는데 아쉽게도 입장 인원이 다 차 버린 탓에 이렇게나마 격려의 인사를 보내드립니다. 다 아시다시피 전 세계 모든 나라들이 월드 던전에 사활을 걸고 있습니다. 대한민국 국민들의 성원에……]

더는 듣지 않았다.

그때였다.

12지역구의 수장들이 회의를 마치고 밖으로 나오고 있었다.

대만, 북한, 일본, 그리고 대한민국의 총사령관들은 각기 모여서 회의를 했는데 가장 먼저 대한민국의 총사령관인 윤성호가 나오고 있었다.

윤성호는 화가 난 듯이 흥분한 상태였다.

"이런 소심한 놈들 같으니라고! 미국과 중국이 얼마나 높은 점수를 얻을 건데 상황을 살펴보자는 건 뭔 소리야?

속도 싸움에서 한번 뒤처지면 계속 뒤쳐진다는 것도 몰라? 이런 놈들과 같은 지역구라니 참 하늘도 무심하시지!"

과거 대한민국이 개박살 나면서 33위라는 치욕적인 등수를 기록한 이유가 이곳에 있었다.

전쟁에서 무능한 지휘관은 적보다 더 무섭다는 말처럼 윤성호는 자신의 능력을 너무 과대평가했다.

천천히 그리고 조심스럽게 진격했던 일본 지휘관과는 다르게 윤성호는 공을 세울 생각에 서둘렀다.

던전을 정복하는 데에 거액의 상금이 걸렸으니 당연히 욕심이 날 수 밖에 없었겠지만 이건 돌이킬 수 없는 실수였다.

처음에야 당연히 앞서 나갔지만 결국 중반도 지나지 않아서 대한민국은 전력의 절반 이상을 잃었다.

던전은 안으로 갈수록 어려웠는데 중반에 대거 헌터들을 잃은 대한민국은 결국 순위권 밖으로 밀려나게 되어 버렸다.

성호가 외쳤다.

"군단장들 집합!"

한성을 비롯한 여덟 명의 군단장들이 성호의 앞으로 나섰다.

여덟 명 중 한성이 가장 어렸는데 승기를 제외 한 다른 여섯 명의 곱지 않은 시선이 느껴져 오고 있었다.

그도 그걸 것이 군단장이라는 직위는 함부로 오를 수 없는 직위였다.

대우만 하더라도 파격적일 뿐 아니라 이번 천상계 던전에서의 결과에 따라 추가로 지급되는 금액이 있었으니 군단장 지위를 노리는 자들은 하나 둘이 아니었다.

그런 직위를 각성자가 된 지 얼마 지나지 않은 한성이 올랐으니 이들의 질투와 시기는 당연했을 지도 몰랐다.

'저 놈 뭐야? 무슨 빽이 있어서 단번에 군단장에 오른 거야?'

'마의 벽인 던전 30층에서 뛰어난 활약을 했다는 얘기는 들었다. 하지만 이건 너무 파격적이다.'

'흥! 어차피 총알받이! 네 놈의 쓰레기 같은 인성은 이미 잘 알려져 있다!'

다른 군단장들이 이런 생각을 하고 있는 가운데 성호가 말했다.

"모두들 잘 알거다. 우리 지역구는 미국, 중국과 다르게 북한, 일본, 대만이 포함되어 있다. 즉 12지역구는 배분을 또 한 번 해야 한다는 거다. 이런 불리한 조건에서 타 지역구에 뒤쳐진다는 것은 생각조차 할 수 없다. 속도가 생명이다! 우린 저런 소심한 놈들과 같이 하지 않는다! 대한민국은 독자적으로 행동하기로 했다!"

과거와 똑같이 진행되어지고 있었다.

한명의 총지휘관으로 통일되지 못한 채 12지역구는 각자 알아서 개별 플레이를 하고 있었다.

총사령관 성호는 한성을 바라보며 말했다.

"일차 돌격 군단은 7군단. 바로 자네다. 최대한 빨리 1차 세이프 타워가 있는 곳까지 점령하도록! 자네를 군단장으로 임명한 윗분들의 눈이 틀리지 않았다는 것을 증명해 보이도록!"

당연하게도 가장 위험한 부대가 처음 진출하는 부대였다.

얼핏 들으면 칭찬 해 주는 것처럼 들렸지만 실상은 총알받이를 하라는 말이나 크게 다름없었다.

승기는 불길하다는 듯이 고개를 흔들고 있었는데 정작 한성은 가볍게 미소를 띠며 말했다.

"최대한 빠르게 점령해 보이겠습니다."

어차피 말을 해서 통할 상대가 아니었다.

다행스럽게도 한성에게도 최대한 빠르게 진격해야 할 이유가 있었다.

한성의 대답에 성호는 만족스럽다는 듯이 고개를 끄덕이며 말했다.

"모두들 월드 던전이 얼마나 중요한지는 잘 알고 있을 거라 생각한다. 미국과 중국이 주도권을 쥐고 있는 상황에서 우리가 밀리지 않을 유일한 방법은 타국보다 먼저 가는 거다. 우리가 제일 먼저 배리어 앞에서 대기한다. 각자 배정된 군단으로 가서 모두 준비하도록!"

곧바로 군단장들은 자신이 담당하게 될 군단 앞으로 움직였다.

다른 헌터들은 미리 손을 맞추어 본 헌터들이었지만

지금 한성이 지휘하게 될 7군단은 전원 일반 헌터들 출신이었다.

워낙에 급하게 월드 던전이 열렸기 때문에 부랴부랴 소집된 헌터들이었고 한성은 아직 이들의 이름조차 알지 못하고 있었다.

다만 알고 있는 얼굴들은 있었다.

제주도에서 만난 민석이를 비롯하여 혁명단원들이 보이고 있었다.

한성은 모른 척 하고 있었고 혁명단 역시 한성을 모르는 척하고 있었다.

한성이 다가오자 한 사내가 경례를 했다.

이희철.

한성이 맡은 7군단의 부단장이었다.

회귀 전에 만난 적은 없었지만 던전 입장에서 몇 본 본적은 있었던 탓에 꽤 범상치 않은 실력을 가지고 있다는 것은 알고 있었다.

뛰어난 실력자가 자신처럼 7군단을 맡게 되었다는 것은 버리는 카드라는 것을 의미했다.

'이 자 역시 생존도 출신. 배경이 받쳐주지 못해서 버리는 카드가 된 건가?'

아직까지 그에 대해서 잘 알지는 못했지만 딱히 인품에 문제가 보이지는 않은 인물이었다.

한성이 물었다.

"상황은?"

"대부분은 양호한 실력자입니다만 몇몇 쓰레기들이 있습니다."

한성은 희철이 눈짓하는 쪽을 바라보았다.

군단장인 한성이 왔음에도 몇몇 이들은 아직까지 한성에게 시선을 주지도 않고 있었다.

"킬킬, 아가씨 예쁘네. 우리 밖에 나가면 한번 볼까?"

"아가씨! 이곳 위험한 곳이니 내 옆에만 꼭 붙어 있으라고! 오빠 믿지? 킥킥킥!"

지수와 유리에게 치근덕거리는 헌터들에게 민석이와 다른 혁명단 단원들은 싸울 듯이 노려보고 있었다.

한성은 고개를 흔들었다.

이건 전혀 싸울 자세가 되어 있지 않은 자들이었다.

'개판이군.'

월드 던전이라는 천상계의 던전에 왔지만 상당수의 헌터들에게 긴장감은 없었다.

그도 그럴 것이 무려 1만명의 헌터들이 함께하고 있었다.

1만명이 함께 한다는 사실에 이들은 안도하고 있었고 애초부터 상당수는 싸우겠다는 것보다는 묻어가면서 레벨 업과 한탕 할 수 있는 아이템을 노리는 자들이 대부분이었다.

민석이와 당장이라도 싸울 듯이 눈을 부라리고 있는 사내에게 한성은 다가갔다.

한성이 다가갔음에도 불구하고 사내는 전혀 위축되지 않고 있었다.

"오호, 이런 애송이가 군단장? 관리자도 참 보는 눈이 없군. 나 같은 실력자를 놔두고…… 어어어억!"

이런 자와 헛되이 시간을 낭비하고 싶지는 않았다.

비명 소리와 함께 사내의 몸은 한 바퀴 회전하며 튕겨 나가고 있었다.

'썩은 사과 하나는 전체를 썩게 하지.'

헌터들은 한성이 어떤 스킬을 사용했는지 조차 제대로 보지 못하고 있었다.

모두가 침묵하고 있는 가운데 한성은 검을 빼어들며 말했다.

"나의 명령을 따르지 않을 자나 다수에 묻어가려는 생각을 가지고 있는 자들은 지금 당장 빠져라. 지금 달아나도 뭐라 하지 않는다. 다만 저 푸른빛 배리어 밖으로 나간 후부터는 절대 복종이다. 만일 전투 도중 달아나는 자가 있다면 내가 먼저 죽일 것이다."

굳은 표정으로 말하는 한성의 모습에 헌터들은 한성에게 집중했고 한성이 말을이었다.

"전원 속공을 레벨 1에 맞추어 놓는다."

"속공이 없는 자들은요?"

"속공이 없는 자들은 기초 체력으로 속도를 맞추는 수밖에 없다."

"그럼 체력이 빨리 떨어지잖아요!"

"체력이 떨어지면 어쩔 수 없다. 버리고 간다. 일차 목표인 세이프 타워 까지는 불과 8Km. 이 거리를 속공 레벨 1조차 유지 할 수 없는 체력이라면 그 이상은 갈 필요도 없다."

한성은 기초 테스트부터 실시할 생각이었다.

"세이프 타워에 도착하더라도 낙오된 자들은 자동으로 탈락 시킬 거다!"

커다란 방패를 들고 있던 헌터가 물었다.

"보조계열이나 궁수라면 몰라도 저처럼 방어형 탱커들은 뛰기가 불리하지 않습니까? 갑옷 무게만 하더라도 상당하다고요."

불만 섞인 목소리에 한성이 한쪽을 바라보며 말했다.

"갑옷은 착용하지 않는다. 또한 기존의 무기들은 모두다 인벤토리에 집어 넣고 보급소로 가서 중급 초소용 크로스 보우를 가져와라. 두 개를 사용한다."

던전에서는 상황에 따라 다양한 무기들이 필요했다.

그 탓에 국가에서는 기초적인 무기들을 빌려주었는데 지금 한성이 지시한 무기는 중급으로 그다지 선호가 높지 않은 무기였다.

한성의 말에 모두들 의아해 하면서도 헌터들은 한성이 지시한 무기들을 가져오기 시작했다.

〈초소형 크로스 보우〉

등급: 중급

공격력: 115-125 사정거리: 25M

설명: 중급의 크로스 보우 중 가장 약한 위력. 하지만 크로스 보우중에 가장 가벼운 무게. 한손으로 휴대 가능.

특수효과: 포인터로 자동 타겟팅 가능! 단 타겟팅 시 사정거리 14M.로 감소. 양손에 하나씩 착용 가능.

조심스럽게 투덜거리는 목소리가 들려왔다.

"중급이네. 천상계 던전에서 중급 무기를 사용하다니!"

"이거 우리 괜찮은 거야? 탱커가 없는 돌격대가 어디에 있어?"

모두가 크로스 보우를 매만지며 한 소리씩 하고 있을 때 한성이 말했다.

"속공이 없는 자들은 포인터만 사용한다. 세팅하도록!"

포인터라는 도구는 아군의 무기를 대신 세팅해 주는 역할을 할 수 있었다.

주로 장거리 무기에 적용되었는데 포인터와 호환이 가능한 무기를 들 경우 무기를 사용하는 헌터가 직접적으로 목표물을 겨누지 않고도 대신 타겟팅을 할 수 있는 도구였다.

"포인터를 든 자들은 진형의 가장 가장자리에 자리 잡는다! 너희들이 할 것은 단 하나. 몬스터가 나오면 외치는 것과 동시에 포인터로 타겟팅을 하면 그만이다."

크로스 보우를 들고 있는 자들의 표정에는 불안감이 가득했다.

가볍다는 장점과 포인터에 의해 자동으로 타겟팅이 된다는 점은 초보자들이나 여자들이 선호하였지만 지금 들고 있는 무기는 공격력이 너무 약했다.

몬스터를 잡는 기본 공식은 강한 방어력을 가지고 있는 탱커가 몬스터를 붙잡고 있는 상황에서 딜러들이 딜을 집어넣는 것이 기본이었다.

지금처럼 전원 소형 크로스 보우를 든다면 이건 딜 같지도 않은 공격력을 내는 딜러들만 가득한 그룹이나 마찬가지였다.

높은 체력을 가지고 있는 탱커 계열의 몬스터가 달려든다면 이 정도 무기로는 쉽게 무너뜨릴 수 없었다.

즉 단 한 마리의 몬스터라도 진형 한쪽으로 들어와 버린다면 그 즉시 전멸 할 것이 분명했다.

누군가 물었다.

"방어구는 들지 않는 겁니까?"

한성이 물었다.

"방패 들고 뛸 수 있는가?"

"……."

"하지만 탱커가 없는 상황에서……."

한성은 말을 잘랐다.

"뒤쳐지면 그대로 낙오 시킨다! 부상을 입었다 하더라도 마찬가지이다. 그 누구라 하더라도 뒤처지는 자들은 보살 피지 않는다. 뒤로 쳐지게 되는 자들은 죽던지 다른 나라의 도움을 받던지 알아서 하도록. 나를 믿지 못할 자들은 지금 당장 빠져라!"

이곳까지 온 상황에서 빠지라고 해서 빠질 사람은 없었다.

곧이어 도우미의 알람이 울려 퍼졌다.

[5분후 시작! 5분후 시작!]

시작부터 밀리지 않겠다는 듯이 대한민국 헌터들은 초록 빛 배리어 바로 앞에 있었다.

시작과 동시에 제일 먼저 뛰쳐나가겠다는 듯이 한성의 부대는 대한민국 헌터들 중에서도 가장 앞쪽에서 자리 잡고 있었다.

그 뒤로 북한과 대만 헌터들이 자리를 잡았고 가장 뒤쪽에 일본 헌터들이 자리를 잡고 있었다.

생전 처음 와 보는 던전이었으니 조심을 하는 것은 당연했다.

하지만 눈치를 보는 타국의 헌터들을 향해 성호가 냉소를 머금었다.

"흥. 한심하군. 이런 자세로 어떻게 미국, 중국과 경쟁을 하나!"

시작부터 위축되어 있는 타국의 헌터들을 한심하다는 듯이 바라보고 있던 성호의 시선이 한성이 있는 곳에서 멈추어 섰다.

"으음?"

다른 군단들은 전원 거대 방패를 들고 있는 탱커들을 앞세우고 있었는데 한성이 이끄는 7군단 만큼은 방패를 꺼내든 자가 전혀 없었다.

더군다나 탱커들 역시 갑옷조차 착용하지 않고 있었다.

성호가 중얼거렸다.

"무슨 생각이야?"

아직 시야에는 몬스터들이 보이지 않고는 있었지만 뭐가 어떻게 나올지 모르는 상황에서 한성의 그룹처럼 행동하는 것은 원칙을 어긋나는 일이었다.

부사령관이 물었다.

"제지 할까요?"

"이미 늦었습니다!"

시작 시간이 가까워 졌다는 듯이 도우미의 목소리가 울려 퍼졌다.

[스테이지 1을 클리어 하시면 지상과 연결이 된 아티팩트를 가동시킬 수 있습니다. 최초로 세이프 타워를 점령하신 분들께는 특별 보너스와 선물을 드립니다! 30분 이내에 돌파하셔도 보너스 경험치를 드립니다. 모두 서두르세요!]

곧이어 도우미의 카운트 다운소리가 들려왔다.

[10, 9, 8…….]

출발선에 선 달리기 선수들처럼 모두가 긴장하고 있는 가운데 한성의 시선은 멀리 앞쪽을 향하고 있었다.

멀리 앞쪽 하늘에는 별이 빛나는 것처럼 무언가 반짝이는 것이 보이고 있었다.

'세이프 타워 포인트 1.'

저 곳이 바로 일차 목표 지점이었다.

요동치던 푸른빛의 배리어가 사라지며 요정 도우미가 출발을 알렸다.

[스타트!]

시작을 알리는 외침이 끝나는 순간이었다.

"전원 돌격!"

"와아아아아!"

다른 국가의 헌터들은 방패병들을 앞세우며 한걸음씩 천천히 나아가고 있었는데 한성의 군단은 마치 달리기 시합을 하듯이 달려 나가고 있었다.

놀란 것은 대한민국의 헌터들뿐만이 아니었다.

"이, 이런 미친!"

"제, 제 정신인 거냐!"

"달리기 경주인줄 아나!"

마라톤의 시작을 알리는 것처럼 뛰어가는 7군단의 모습에 다른 나라의 헌터들 역시 놀라는 표정을 감추지 못하고 있었다.

총지휘관 윤성호 역시 얼굴을 찌푸리고 있었다.

속도를 강조하기는 했지만 한성은 빨라도 너무 빠르게 움직이고 있었다.

'이런! 이러면 총알받이 역할도 할 수 없을 텐데!'

지금이야 앞쪽이 평야인 탓에 몬스터가 없다는 것을 눈으로 확인할 수 있었지만 이렇게 달려 나가는 것은 무모해도 너무나 무모한 일이 아닐 수 없었다.

달려가고 있는 헌터들 역시 얼굴에는 불안함이 가득했다.

"제길! 이거 시작과 동시에 죽는 거 아니야?"

"앞에서 맷집 좋은 탱커 하나가 돌격해 오면 그대로 몰살이라고!"

"우리 보고는 이런 중급 들라고 하고 정작 본인은 아무 무기도 들지 않네?"

헌터들의 투덜거리는 소리가 들려오고 있었지만 한성의 표정에는 변화가 없었다.

한성은 알고 있었다.

처음 시작 부분은 평야 지대이었는데 대략 3Km를 지날 때 마다 배경이 바뀌었고 몬스터들도 바뀌었다.

더구나 1스테이지에서는 출현하는 몬스터는 천상계의 몬스터라고는 생각 할 수 없을 정도로 수준 낮은 몬스터들이었다.

마치 기본 연습을 하게 해 주는 것처럼 몬스터의 난이도는 가장 낮은 레벨이었고 첫 번째 세이프 타워가 있는 부분까지 조심해야 할 몬스터는 세이프 타워를 지키고 있는 외눈박이 거인 밖에 없었다.

그때였다.

"앗! 몬스터다!"

멀리 앞에서 띄엄띄엄 걷고 있는 좀비들이 보이고 있었다.

길을 잃은 듯이 배회하고 있는 몬스터들 목적지도 없다는 듯이 멍 하니 돌아다니고 있었는데 몬스터가 출현했다는 사실 만으로도 헌터들은 긴장하기에 충분했다.

헌터들이 서둘러 크로스보우를 겨누는 순간이었다.

한성이 외쳤다.

"무시! 저 앞의 몬스터는 그냥 지나쳐 간다! 걱정하지 마라! 저 놈들은 우리를 공격하지 않는다!"

지금 나타난 몬스터들은 헌터들의 진격을 늦추게 하는 몬스터에 불과했다.

과거 처음 보는 몬스터에 조심스럽게 접근을 한 대다수의 국가들은 쓸데없이 시간을 지체 했는데 지금 눈앞에 나타난 몬스터는 역할은 시간을 끄는 용도 밖에 없었다.

과거와 마찬가지로 좀비들은 헌터들이 진격을 하고 있었지만 전혀 반응조차 하지 않고 있었다.

한성이 서두르는 이유는 있었다.

각 스테이지마다 최초로 세이프 타워를 점령한 자들에게는 보너스의 스코어와 보너스 선물이 주어졌고 30분 이내 주파할 경우 보너스 경험치가 주어졌다.

보너스 스코어야 국가에 귀속되니 상관없었지만 경험치만큼은 달랐다.

'보상으로 얻을 수 있는 경험치는 상당히 크다. 놓치지 않는다!'

한방에 왕창 경험치를 올리기 위해서는 반드시 제한시간 30분 이내에 클리어 해야만 했다.

어느덧 3Km를 지났다는 듯이 평야가 사라지고 늪지대가 나타나기 시작했다.

나올 몬스터는 이미 알고 있었다.

질퍽한 땅의 감촉이 전해져 오는 가운데 진형 가장 자리에서 포인터를 들고 있는 사내가 외쳤다.

"11시! 몬스터 출현!"

"1시! 3시 방향 몬스터 출현!"

"우와! 저게 뭐야?"

거대 개구리가 모습을 드러내고 있었다.

"이쪽으로 온다!"

조금 전에 보았던 좀비와는 다르게 대왕 개구리는 헌터들의 행군에 반응을 하고 있었다.

2M는 될 듯한 거대 개구리는 펄쩍 펄쩍 뛰어 오르며 접근하고 있었는데 이 몬스터는 지하 던전에는 존재하지 않는 몬스터였다.

당연히 처음 보는 몬스터 이었으니 얼마나 강한지 어디가 약점인지 조차 알 수 없었다.

자신도 모르게 속도를 늦추려는 헌터들을 향해 한성이 외쳤다.

"속도를 늦추지 마라!"

헌터들이 급하게 속도를 끌어올리는 순간이었다.

"포인터!"

한성의 외침에 포인터를 들고 있던 자들은 일제히 포인터를 대왕 개구리를 향해 겨누기 시작했다.

크로스 보우를 들고 있는 모든 헌터들에게 똑같은 기계음이 울려 퍼졌다.

[타깃 세팅되었습니다!]

대왕 개구리가 사정거리 안에 들어오는 순간이었다.

한성이 외쳤다.

"사격! 행군을 멈추지 마라!"

피슝! 피슝!

마치 권총을 사용하듯이 헌터들이 사용하는 소형 크로스 보우에서 빛이 발산되기 시작했다.

허공을 향해 쏘고 바닥을 향해 쏘고 모두가 각기 다른 지점을 향해 쏘고 있었지만 마나 탄들이 향하는 부분이 모두 같았다.

촤아아아앗!

마나 탄들은 변화무쌍하게 움직이며 포인터가 세팅을 해놓은 대왕 개구리를 향해 뻗어가고 있었다.

위력이야 별 볼일 없었지만 자동 타겟팅을 가지고 있는 크로스 보우에서 뿜어져 나간 마나의 기운은 단 한발도 빗나감 없이 명중되었다.

팡! 팡! 팡! 팡! 팡!

사방에서 날아온 마나탄들이 폭죽처럼 대왕 개구리 몸에서 터지기 시작했다.

수백 아니 수천 발에 가까운 마나탄들이 하나도 빠짐없이 명중되고 있었으니 아무리 낮은 공격력이라 하더라도 대왕 개구리 정도 되는 몬스터쯤은 쉽게 제압할 수 있었다.

저 레벨에 있는 헌터들의 몸에서 레벨업을 알리는 빛이 번쩍이고 있었다.

사방은 대왕 개구리들의 시체로 가득 차게 되었고 헌터들은 흥분했다.

"약한데?"

"우와! 나 벌써 레벨업 했어!"

아직 그 누구도 눈치 채지 못하고 있었지만 한성은 알고 있었다.

지금 상황은 처음 생존도에 도착했을 때와 비슷했다.

처음 샌드맨이 나왔을 때 사실상 샌드맨이 아이템을 제공해 주는 몬스터였다면 지금 나타나고 있는 몬스터들 역시 레벨을 상향 시켜주는 몬스터들이었다.

"속도를 늦추지 마라!"

여전히 헌터들은 속도를 늦추지 않은 채 진형을 유지하며 돌격하고 있었다.

대왕 개구리들은 접근조차 하지 못하고 있었고 시간이 흐를 때 마다 민석이를 비롯한 플레이어들의 몸에서는 레벨업을 알리는 빛이 번쩍이고 있었다.

"우와 빠르다!"

"이거 우리가 1등하겠어!"

"아까 30분 이내에 돌파하면 뭐 준다고 했지?"

헌터들 역시 고무되고 있었고 한성은 마지막 단계의 보스 몬스터를 떠올리고 있었다.

'다음!'

대왕 개구리를 쓰러뜨리고 지나가자 이제 멀리 앞에는 세이프 타워가 보이고 있었다.

❖

한성이 떠난 지 몇 분 후.

시작 지점에 있던 헌터들이 술렁거리고 있었다.

"아!"

스코어보드를 바라보며 대기하고 있던 헌터들의 입에서는 탄성이 튀어 나오고 있었다.

한성이 지휘하고 있는 상황을 직접 볼 수는 없었지만 스코어보드는 현재 상황을 말해 주고 있었다.

출발점에 남아 있던 모든 헌터들은 고개를 휘휘 젓고 있었다.

"이거 고장난 거 아니야?"

몬스터를 잡는 것과 동시에 스코어보드의 숫자는 빠르게

아니 미친 듯이 올라가고 있었다.

아직 미국이 100점을 넘지 못하고 있었고 중국이 간신히 100점을 넘긴 지금 12지역구는 순식간에 무려 1900점을 돌파하고 있었다.

일본 헌터들은 아직 출발조차 하지 않고 있었고 대만과 북한 헌터들은 아직 시야에서도 벗어나지 않은 상황이었으니 지금 점수를 올리고 있는 자들은 한성이 지휘하는 7군단 밖에 없었다.

"허어……."

예상보다 너무나도 빠르게 올라가는 점수에 모든 헌터들은 믿기 어렵다는 눈으로 스코어보드를 바라보고 있었다.

총사령관 성호 역시 스코어보드에서 눈을 떼지 못하고 있었다.

성호가 생각했다.

'어떻게 된 건지는 몰라도 일단 선점은 했다. 역시 관리자들의 눈은 정확하다는 말인가?'

도우미의 목소리가 들려왔다.

[12지역구 세이프 타워 1지역에 도착! 보스 몬스터 출현!]

"우옷! 벌써 도착했다!"

성호는 주먹을 불끈 쥐었다.

'좋아! 이렇게 된 거 해치워 버려라!'

세이프 타워를 점령하면 지금 시작 지점에서 단번에

세이프 타워 곁에 있는 아티팩트까지 갈 수 있었다.

그때였다.

순간 아무것도 보이지 않고 있었던 도우미 창에서 커다란 화면이 펼쳐지기 시작했다.

"우아! 영상 스킬이다!"

"우엇! 나온다!"

보스와의 대결은 보여 준다는 듯이 영상은 생생하게 한성이 이끄는 군단의 모습과 보스 몬스터의 모습을 보여주고 있었다.

보스 몬스터의 모습을 본 헌터들은 벌어진 입을 다물지 못했다.

세이프 타워를 지키는 보스 몬스터.

외눈박이 거인의 모습은 기억 속 그대로였다.

10M는 넘을 듯 한 거구.

얼굴의 절반 이상 되는 커다란 눈.

성인 키 만한 몽둥이를 들고 있는 외눈박이 거인은 괴성을 내질렀다.

"우워어어어어!"

함성이 울렸다.

흉측한 모습과 귀를 찢을 것 같은 괴음에 달려가고 있던 헌터들이 위축되는 순간이었다.

한성은 속도를 높이며 앞으로 뛰쳐나갔다.

"모두 양 옆으로 흩어져! 포인터들은 복부를 타깃 하라! 저 놈은 내가 맡는다!"

곧바로 한성이 이끈 군단은 좌우로 갈라지며 흩어졌고 한성은 양 손에 사슬을 착용한 채 검을 쥐었다.

"달려온다!"

믿기지 않을 빠른 속도로 외눈박이 거인은 달려오기 시작했다.

쿵! 쿵! 쿵! 쿵! 쿵!

대지가 흔들리는 소리와 함께 몽둥이를 든 외눈박이 거인이 한성을 향해 달려오는 그때였다.

피슝! 피슝!

사정거리에 들어왔다는 듯이 마나탄이 날아오기 시작했다.

수백발의 마나탄들이 외눈박이 거인의 복부를 향해 집중되고 있었다.

"우워어어엉!"

괴성을 내지르기는 했지만 이 정도 위력의 마나탄 정도는 어림도 없다는 듯이 외눈박이 거인은 꿈쩍도 하지 않고 있었다.

"아! 꿈쩍도 안 해!"

"중급으로는 무리야!"

모두가 놀라고 있었지만 한성은 달랐다.

'지금이다!'

거인에게는 아주 짧은 멈춤이었지만 한성은 그 작은 멈 칫거림을 놓치지 않았다.

촤아아아앗!

한성의 손에서 사슬이 뻗어 나갔다.

뻗어나간 사슬은 그대로 외눈박이 거인의 목을 감싸 버 렸다.

'줄어! 도약!'

촤아아앗!

사슬이 줄어드는 것과 도약 스킬이 어우러지며 순식간에 한성의 몸은 외눈박이 거인의 머리 근처로 뛰어 올랐다.

몸이 올라가는 가운데에서도 스킬은 쉴 새 없이 발산 되 었다.

'확장!'

촤아아앗!

한성의 손에 들려 있던 백호의 검이 확장되는 순간이었 다.

가차 없이 목을 향해 백호의 검이 내리 찍어졌다.

처억!

"캬오오오옷!"

푸른 피가 튀어 오르는 것과 동시에 외눈박이 거인의 고 통스러운 비명이 울려 퍼졌다.

사슬에 매달린 한성의 몸이 흔들리는 가운데 한성의 몸 은 외눈박이 거인 뒤쪽을 향해 뛰어 올랐다.

어느새 한성의 손에는 백호의 검 대신 대거의 단검이 들려 있었다.

양 손에 쥔 단검이 동시에 외눈박이 거인의 뒷목을 내리찍었다.

팍! 팍! 팍! 팍! 팍! 팍!

연타 스킬이 발산되며 두 개의 단검은 그대로 외눈박이 거인의 몸을 찢기 시작했다.

찌이이이이익!

면역 쉴드가 없는 외눈박이 거인은 연타 스킬을 가지고 있는 한성의 적수가 될 수 없었다.

순식간에 외눈박이 거인의 피부가 찢어지며 한성의 몸은 거인 뒷 목부터 허리까지 찢다시피 하며 내려가기 시작했다.

"캬오오오! 캬오오오오!"

찢어진 피부에서 뿜어져 나온 푸른 피가 한성의 몸을 뒤덮고 있었고 거인은 온 몸을 비틀며 괴성을 내지르고 있었다.

쿵!

거인이 달려올 때와는 다르게 단 한 번의 대지의 흔들림만이 들려왔다.

땅의 울림과 동시에 쓰러진 거인은 더 이상 몸을 일으키지 못하고 있었다.

목부터 허리까지 갈라진 두 줄기의 흉터는 거인의 내부를 보여주고 있었고 곧바로 거인은 빛과 함께 소멸되어 갔다.

"우와아아아아!"

영상을 통해 시선을 집중시키고 있던 헌터들과 외눈박이 거인의 모습을 바라보고 있던 헌터들 동시에 입에서 탄성이 튀어 나왔다.

세이프 타워에 불이 들어오는 것과 동시에 기계음이 울려 퍼졌다.

[12지역구 세이프 타워 점령!]

[목표 시간 이내 점령! 보너스 1000점 획득!]

[최초 1스테이지 점령! 보너스 1000점 획득!]

한성의 눈이 세이프 타워를 향했다.

'시간은?'

가장 기대하던 기계음이 울려 퍼졌다.

[30분 이내 클리어! 보너스 경험치 제공! 다섯 개의 레벨을 올려 드립니다!]

무려 다섯 개의 레벨 업이었다.

순간 한성의 몸에서 빛이 번쩍였다.

[레벨업! 레벨업! 레벨 55달성!]

거인이 쓰러지는 것과 동시에 아티팩트의 가동을 알리는 빛이 화려하게 반짝이며 배리어에 가려져 있던 두 번째 스테이지의 시작 지점이 보이기 시작했다.

새로 시작되는 지점이 보이고 있었지만 지금 헌터들의 눈에는 들어오지 않고 있었다.

보너스로 얻은 폭풍 레벨업에 헌터들은 크게 기뻐하고 있었다.

"우와아아앗! 다섯 개나 올랐어!"

"던전 12층에서 레벨 하나 올리는 데 1년 걸렸는데 한 번에 다섯 개야!"

대부분의 헌터들은 30레벨이었는데 보너스 경험치는 레벨과는 상관없이 다섯 개의 레벨을 올려 주었다.

즉 50레벨의 한성은 단번에 55레벨을 달성하였다.

한성 역시 마음속으로 안도의 한숨을 내쉬었다.

이번 천상계 던전에서 가장 중요한 부분이 레벨업이었다.

곧 자신은 대혁명에 동참할 예정이었다.

그 말은 더 이상 국가소속이 아닌 자신은 쉽게 천상계에 올 수 없다는 것을 의미했다.

실제로 전 세계 혁명단원들이 가장 어려워했던 점이 레벨 업이었다.

레벨 50을 초과하기 위해서는 반드시 천상계 던전에서만 가능했는데 천상계로 이동할 수 있는 아티팩트를 확보하기에도 상당한 시간이 걸렸고 천상계에서 근거지를 만드는 데에는 상당한 시간이 걸렸었다.

천상계에 있을 때 올릴 수 있는 경험치는 최대한 도로 올려 두어야 했다.

일단 일차 목표는 달성했다.

한성은 곧바로 두 번째 스테이지의 시작 지점으로 이동하기 시작했다.

❖

"우와아아아아!"

영상을 통해 지켜보고 있던 헌터들의 함성이 울려 퍼졌다.

아직 출발도 못한 일본 헌터들은 놀란 표정이 가득했고 북한, 대만 헌터들 역시 놀란 표정을 감추지 못하고 있었다.

그 어떤 지역구도 첫 번째 스테이지를 돌파하지 못하고 있었는데 대한민국은 벌써 첫 번째 스테이지를 클리어 한 상황이었다.

시작 지점에 있던 아티팩트에 불이 들어오며 도우미의 음성이 울려 퍼졌다.

[2번째 스테이지의 시작 포인트로 이동이 가능한 아티팩트 사용 가능합니다. 2스테이지에 입장해서 정비를 갖추시고 출발하세요!]

총사령관 성호가 말했다.

"좋았어! 가자!"

시작 지점에 있던 모든 이들은 아티팩트로 움직이며 다음 스테이지의 시작 지점으로 이동하기 시작했다.

당연히 대한민국 헌터들이 먼저 이동하기 시작했고 전혀 공을 세우지 못한 다른 나라 헌터들은 뒤쪽에서 대한민국 헌터들의 이동을 기다리고 있었다.

아직 움직이지 않고 있었지만 일본, 대만, 북한의 헌터들은 서로 먼저 가려고 으르렁 거리고 있는 모습이 보이고 있었다.

"쩝, 저 놈들은 그냥 숟가락 올려놓는 것 같군."

"같은 지역구니 어쩔 수 없다고."

"그래도 우리 지역구가 가장 빨라."

"오! 북한 헌터들은 그냥 뛰어 가는데? 자존심 상한다는 건가?"

이미 길을 뚫었으니 기다렸다 아티팩트를 이용해서 가는 것 보다 그냥 달려가는 것이 더 빠르다고 생각했는지 북한 헌터들은 빠르게 움직이고 있었다.

"어리석긴. 저렇게 간다면 체력이 소모된다. 뭐 우리가 상관할 일은 아니지만."

곧바로 대한민국 헌터들은 아티팩트를 이용해 다음 스테이지로 넘어갔다.

6. 두 번째 스테이지.

회귀의 절대자

6. 두 번째 스테이지.

얼마 후.

스테이지 2의 시작 지점 역시 처음 시작 지점과 비슷한 환경이었다.

다만 첫 번째 시작 포인트와는 다르게 헌터들의 출입을 막는 배리어는 보이지 않고 있었다.

즉 지금 당장이라도 시작할 수 있다는 얘기였다.

성호는 한성을 반겨 주었다.

"좋아. 훌륭하네."

아무리 칭찬에 인색한 총사령관이었지만 지금 만큼은 웃음 가득한 얼굴을 감출 수 없었다.

한성의 시선은 부하들에게 향하고 있었다.

한성은 피곤함을 느끼지 않았지만 부하들은 달랐다.

속공 레벨 1의 속도를 유지한 채 이곳까지 따라오는 것은 이들에게는 결코 쉬운 일이 아니었다.

단 한번도 쉬지 않고 꽤 먼 거리를 달려온 탓에 이들은 거친 숨을 몰아쉬고 있었다.

한성은 스코어 보드를 바라보았다.

예상대로 미국과 중국이 속한 지역구의 점수가 빠르게 올라가고 있었다.

아직 대한민국의 점수를 따라잡은 것은 아니었지만 이 정도 속도라면 곧 이들 역시 2스테이지에 입장할 것이 분명했다.

'아직 시간은 있다. 더구나 이번 스테이지는 속도 싸움이 아니다.'

군단장들이 모두 모인 가운데 한성에게 호의를 가지고 있던 승기가 제일 먼저 말했다.

"이야, 정말 대단하군! 수고했네. 덕분에 기세 싸움에서 우리가 이겼어."

"꽤 괜찮은 실력이군."

한성을 향하고 있던 적대적인 시선은 어느새 누그러져 있었다.

희생조로 보낸 한성이 공을 세운 것에 차마 크게 칭찬을 할 수는 없었지만 이들의 속마음은 크게 놀라고 있었다.

'어떻게 한치 앞을 알지 못하는 상황에서 그렇게 대담

하게 행동할 수 있지?'

'너무 빨리 끝나서 외눈박이 거인의 실력을 제대로 보지 못했다. 하지만 분명 실력이 없는 자는 그렇게 자신 있는 움직임을 보이지 못한다. 30층에서 살아 나온 게 우연은 아니란 말이군.'

물론 모두가 이런 생각을 하는 것은 아니었다.

'뭐야? 그냥 빨리 달리기만 했으면 됐잖아?'

'외눈박이 거인도 덩치만 컸지 아무것도 아니었어. 이런 놈에게 공을 빼앗기다니!'

'이거 천상계라고 괜히 쫄았잖아? 그냥 빠른 놈이 이기는 거군!'

시기와 질투는 더더욱 한성이 세운 공을 깎아 내리고 있었다.

정작 한성은 이들에게는 전혀 관심조차 가지지 않고 있었다.

한성의 시선은 도우미 게시판으로 향했다.

이곳 역시 모두가 볼 수 있도록 커다란 지도와 함께 게시판이 있었는데 헌터들을 유혹하는 문구가 보이고 있었다.

[2스테이지. 1스테이지의 두 배 면적. 아까와 마찬가지로 첫 번째로 클리어 하신 분들께는 더 큰 보너스를 드립니다. 1시간 이내에 돌파하셔도 보너스 경험치를 드립니다. 2 스테이지에는 보스도 없습니다! 서두르세요! 마지막 스테이지가 코앞에 있습니다!]

이건 낚시였다.

1스테이지에서 후한 보상과 쉬운 몬스터들로 헌터들을 방심하게 한 거라면 지금 스테이지 부터는 상당히 난이도가 높아졌다.

스테이지 보스가 없었지만 스테이지 보스 보다 더 어려운 난이도가 기다리고 있었다.

이번 스테이지는 속도전이 아닌 지구전이었다.

총사령관의 칭찬에도 아랑곳없이 한성은 담담히 말했다.

"부하들에게 휴식을 주겠습니다."

"좋아! 자네 군단은 피로할 테니 일단 휴식을 취하도록! 모두들 재정비하고 다음 스테이지로 갈 준비를 한다!"

한성은 자신의 군단을 이끌며 한쪽으로 사라져 갔다.

한성이 빠져 있는 가운데 대부분의 군단장들은 똑같은 생각을 가지고 있었다.

'지금 당장 출발한다!'

제일 먼저 군단장 중 현중이라는 자가 말했다.

"한성 군단장이 이끄는 부대는 속공이 레벨 1밖에 유지할 수 없습니다. 아까도 속공 2를 유지할 수 있었더라면 더 빠르게 점령할 수 있었을 겁니다. 저희 부대는 전원 속공 2를 유지할 수 있습니다. 저에게 기회를 주십시오!"

사람의 욕심은 끝이 없었다.

더 큰 보너스가 기다리고 있다는 도우미의 말이 머릿속에서 울리고 있었다.

성호가 고민하고 있던 순간이었다.

헌터들의 목소리가 울려 퍼졌다.

"일본! 출발했습니다!"

"1스테이지에서 출발했던 북한! 이곳에 멈추지 않고 그 대로 진격합니다!"

일본과 북한 역시 현중처럼 생각한 자들이 있었다.

2스테이지에서는 결코 뒤처지지 않겠다는 듯이 일본 헌터들은 벌써부터 출발하고 있었다.

아티팩트를 이용하지 않았던 북한 헌터 선발대 역시 일체의 휴식도 없이 그대로 지나치며 달려가기 시작했다.

"이런!"

현중이 말했다.

"서둘러야 합니다! 저희 군단은 지금 당장이라도 출발할 수 있습니다!"

"저도 가겠습니다! 일본은 벌써 2000명이 출발했습니다! 뒤처질 수 없습니다!"

"4군단도 가겠습니다!"

현중에 이어 또 다른 군단장들 역시 지원하고 있었다.

한번에 3개의 군단.

즉 1500명을 동시에 내보내는 것은 위험하기는 했지만 일본과 북한에게 뒤처질 수는 없었다.

더군다나 미국과 중국이 따라잡을 것이 분명했고 도우미가 보여주고 있는 보너스의 유혹은 더욱더 달콤했다.

"좋다! 이 기세를 놓칠 수는 없다! 출발하도록!"

성호는 즉시 허락했다.

❖

대한민국 3개의 군단이 출발을 하고 있을 그 시각.

한성은 다음 단계에 대비하여 병사들에게 아이템을 착용시키고 있었다.

"최대한 견고하고 두껍게 온 몸을 가릴 수 있는 방어구를 착용한다. 진형 역시 바꾼다."

한성은 직사각형 모양으로 진형을 만들었는데 네 면의 모든 진형 끝 쪽에 레벨이 가장 높은 자들을 배치 시켰다.

"가장 끝 쪽에 자리한 자들은 전원 대형 방패를 들도록! 방패가 없다면 보급소에서라도 가져와라. 방어력은 상관없다. 무조건 크기가 큰 걸로 들도록!"

모두들 한성의 말을 따르고 있기는 했지만 의아한 표정은 감출 수 없었다.

방금 전 스테이지와는 정 반대의 작전이었다.

후방까지 방패병을 세워 두는 것은 사방이 포위 되었을 때하는 사용하는 진형이었는데 이렇게 진형을 짜서는 결코 속도를 낼 수 없었다.

이렇게 중무장을 하고 방패병들을 진형 후방에까지 배치시킨다면 당연히 속도는 늦어질 것이 분명했다.

헌터들의 걱정을 알고 있다는 듯이 한성이 말했다.

"속공은 사용하지 않는다."

속공을 사용하지 않는다는 것은 속도 경쟁을 포기하겠다는 것을 의미했다.

그때였다.

부단장 희철이 다가오며 말했다.

"현중 군단장이 병사를 이끌고 출발했습니다! 다른 두 부대도 따라서 출발했습니다. 아무래도 공을 세우려 한 것 같습니다."

한성은 냉소를 머금으며 중얼거렸다.

"멍청한."

이들은 그대로 함정에 빠져들고 있었다.

한성이 병사들을 바라보며 말했다.

"출진이다."

1500명의 대한민국 헌터를 이끌고 있는 현중은 초조했다.

북한과 일본 헌터들이 보이지 않는 가운데 사방에는 좀비 시체들이 보이고 있었다.

앞 서 간 타국의 헌터들이 쓸어 버렸다는 듯이 사방 곳곳에는 좀비 시체들이 보이고 있었는데 정작 지휘를 하고 있는 현중에게는 좀비의 시체보다 북한과 일본 헌터들에게 뒤쳐졌다는 사실에 신경을 쓰고 있었다.

'속공 레벨 2로 달려도 뒤꽁무니조차 보지 못하는 건가? 이 놈들 속공 3으로 달려갔군.'

두 번째 스테이지 역시 시작은 첫 번째와 같았다.

한 무리의 좀비들이 보이고 있었다.

다만 헌터들에게 전혀 반응을 하지 않았던 전 스테이지 와는 다르게 좀비들은 헌터들을 잡아 먹을 듯이 달려오고 있었다.

두 팔을 벌리며 정면으로 달려오고 있는 좀비 정도에 겁을 먹을 군단장은 없었다.

"궁수병 사격!"

퉁! 퉁! 퉁!

묵직한 크로스 보우의 소리가 울려 퍼지며 창처럼 날아 간 화살은 좀비들의 몸을 찢어 버리고 있었다.

"탱커들은 속도를 늦추지 마라! 이 따위 놈들은 궁병들 로 충분하다 그대로 돌격!"

마나탄을 발사하는 소형 크로스 보우가 아닌 탓에 궁병 들은 일시적으로 멈추어야 했는데 좀비를 우습게 본 현중 은 탱커들을 그대로 움직이게 했다.

좀비들을 소탕하느라 뒤쳐진 궁병들을 향해 현중이 외쳤 다.

"궁병들은 속공을 최대한 도로 높이도록! 따라올 수 없 는 자들은 내버려 둬라!"

1500명이라는 대형 진형이 흔들리기 시작했다.

헌터들 대다수의 속공은 레벨 2와 3사이 이였는데 속도를 전력으로 높이라는 지시에 진형은 순식간에 뒤죽박죽이 되어 버리고 있었다.

더군다나 궁병들이 사용하는 크로스 보우는 거대한 화살을 장착해야 했으니 그 무게까지 감당해야 하는 궁병들에게는 결코 속공을 유지하기가 쉬운 일이 아니었다.

순식간에 대형은 점점 길게 늘어지고 얇게 되어 버렸다.

그때였다.

앞쪽으로는 커다란 언덕이 보이고 있었다.

언덕 넘어는 시야에 보이지 않고 있었는데 백여 명 정도의 좀비들이 언덕 위에서 내려오고 있었다.

"옵니다!"

두 팔을 벌리며 먹이를 보았다는 듯이 달려 나오고 있는 좀비들을 본 탱커들이 속도를 늦추는 순간이었다.

현중은 대검을 빼어들며 선두로 뛰어나갔다.

"내가 길을 연다! 속도를 늦추지 마라!

좌아아아앗!

대검에서 뿜어져 나오는 마나의 기세는 순식간에 좀비들을 조각내고 있었다.

형편없이 약한 좀비들을 베어버린 현중은 크게 웃었다.

"하하하! 거 봐라! 별거 아니지 않은가? 일본, 북한 헌터들이 지나간 곳이다! 우리가 해내지 못할 이유…. 엇?"

현중은 자신도 모르게 자리에 멈추어 섰다.

무언가 이상한 생각이 들었다.

일본과 북한 헌터 수천 명이 지나간 곳이라면 지금 이렇게 많은 숫자의 좀비가 자신의 앞에 나타날 리 없었다.

'서, 설마!'

불길함이 온 몸을 감싸 안았다.

불길함이 틀리지 않았다는 것을 말해 준다는 듯이 멈추어 선 현중의 눈에 그가 상상했던 일들이 펼쳐지고 있었다.

"좀비! 또 옵니다! 아악! 숫자가 셀 수가 없습니다!"

언덕 너머는 시야에 보이지 않았다.

언덕 뒤쪽에서 얼마나 많은 숫자의 좀비들이 있는 지 알수 없었지만 지금 언덕을 넘어 달려오고 있는 좀비의 숫자만 하더라도 벌써 수백은 넘어 보이고 있었다.

'일본, 북한 헌터 모두 다 당했단 말인가!'

현중은 급히 명령을 내렸다.

"진형! 진형을 갖추어라!"

"방패병! 앞으로!"

병사들은 서둘러 움직이고 있었지만 이미 길게 늘어진 쉽게 진형을 되찾지 못하고 있었다.

좀비들이 인간들이 진형을 갖추기를 기다려 줄 리 없었다.

얼마나 숫자가 많았는지 내리막길을 달려오고 있는 좀비들은 서로 뒤엉키며 엎어지기까지 하고 있었는데 동료 좀비들이 희생되는 것도 아랑곳없이 좀비들은 동료들의 몸을 밟으면서 달려오고 있었다.

아직까지 몇몇 헌터들은 사태의 심각성을 깨닫지 못하고 있었다.

"푸하하하! 서로 밟아 죽이고 있어!"

"천 마리가 와 봐라! 눈 하나 깜박이나!"

약한 방어력과 낮은 지능.

결코 일대일로는 헌터들에게 상대가 되지 않을 좀비들이었으니 헌터들의 비웃음처럼 천 마리가 온다고 해도 지금 천 오백명의 헌터들에게는 상대조차 되지 않을 것이 분명했다.

하지만 좀비의 숫자는 천 마리가 아니었다.

이들의 시야에 보이고 있는 좀비의 숫자는 천마리도 되지 않았지만 지금 시야 밖 언덕 뒤에서 끊임없이 언덕을 오르고 있는 좀비의 숫자는 순식간에 일만, 아니 십만을 넘어서고 있었다.

"아악! 달려옵니다! 후방! 아직 진형을 갖추지 못했습니다!"

몰려오고 있는 숫자는 가늠조차 할 수 없었다.

현중이 외쳤다.

"에잇! 그냥 쏴라!"

진형이 완전히 갖추어지지 않았지만 헌터들은 공격을 뿜어내기 시작했다.

좌아아앗!

퉁! 퉁! 퉁! 퉁!

전방에 있던 헌터들의 공격이 쏟아지기 시작했다.

"쏟아부어라!"

정면으로 달리기 하듯이 달려오는 좀비들에게 헌터들의 공격은 명중되었고 순식간에 평야위로 좀비들의 시체 조각들이 퍼지고 있었다.

고통조차 느끼지 못한다는 듯이 몰려오고 있던 좀비들은 그대로 떼죽음을 당하고 있었다.

콰과과광!

명색이 대한민국 상위 헌터들이었다.

수 백 명이 동시에 쏟아낸 스킬들은 폭탄처럼 터지면 좀비들을 날려 버렸고 달려오던 좀비들이 깨끗이 사라진 순간이었다.

"좋아! 좀비들의 방어력은 약하다! 후방 인원들이 올 때까지 버티면… 허억!"

현중의 입에서 놀란 표정이 가득해졌다.

사라졌다고 생각된 좀비의 뒤쪽에서는 방금 전 보다 열배는 많을 정도의 좀비들이 쏟아져 오기 시작했다.

얼마나 많은 숫자인지 좀비들에게 뒤덮인 언덕의 푸른 풀은 보이지 조차 않았다.

본능적으로 헌터들을 공격을 뿜어냈지만 이건 몰려드는 거대한 쓰나미에 돌을 던지는 형상이었다.

"아! 아! 점점 더 가까워집니다!"

"어, 어, 어."

모두들 사태의 심각성을 깨달았다.

좀비들에게 두려움 따위는 없었다.

무식하다 할 만큼 일직선으로 달려오고 있었지만 이들에게는 눈 앞의 화염 스킬도, 크로스 보우의 화살도 보이지 않고 있었다.

오로지 눈앞에 먹이가 있다는 듯이 달려오는 인해전술에 당황한 쪽은 헌터들이었다.

스킬에는 쿨 타임이 있었고 달려오는 좀비에게 쿨 타임은 없었다.

기계음이 들려왔다.

[좀비 쓰나미! 15분만 버티면 좀비들은 그대로 사라집니다!]

기계음은 들려오지도 않았다.

15분은커녕 15초도 버티지 못 할 정도로 좀비들의 숫자는 끝없이 넘쳐나고 있었다.

검은색으로 대지를 뒤덮은 좀비 쓰나미는 그대로 헌터들을 쓸어 버렸다.

"우와아아아아악!"

현중의 몸은 순식간에 좀비들 아래로 묻혀 버렸고 사방에서 자신의 몸을 물어뜯는 좀비의 이빨을 보는 순간 현중은 그대로 죽어 버리고 말았다.

선두에 있던 군단장이 사망했지만 좀비들에게 헌터들의 계급 따위는 전혀 의미가 없었다.

적군의 대장을 잡았다는 외침도 환호성도 들리지 않고 있었다.

헌터들은 고깃덩어리에 불과했고 더 많은 먹이들이 있다는 것을 본 좀비들은 먹이를 빼앗기지 않겠다는 듯이 달려나가고 있었다.

마치 거대한 검은 고래가 길게 들어져 있는 고등어를 잡아먹는다는 듯이 검은 물결이 출렁거릴 때 마다 헌터들의 몸은 잘려 나가고 있었다.

순식간에 1500명의 헌터 전원이 몰살당한 상황이었다.

❖

대한민국 헌터들이 전멸 당하던 그 시각.

7군단은 출격 준비를 끝마친 상황이었고 한성은 총사령관 성호에게 찾아갔다.

성호를 비롯하여 다른 국가의 지휘관들 역시 스코어보드에 온 신경을 집중시키고 있었다.

보스전이 아닌 탓에 직접적으로 볼 수는 없었지만 스코어보드에서 올라가고 있는 점수로 미루어 대략적인 상황은 추측할 수 있었는데 조금 전까지 미친 듯이 올라가고 있던 점수는 어느새 점점 더 줄어들고 있었다.

처음 북한과 일본 헌터들의 점수를 올렸을 때와 마찬가지로 점수는 폭발적으로 올라간 후 급격하게 느린 속도로 올라가고 있었다.

각국의 지휘관들은 웅성거리기 시작했다.

흥분을 감추지 못하고 있던 지휘관들은 전혀 미동조차 하지 않는 스코어보드를 근심어린 시선으로 바라보고 있었다.

점수가 급격하게 오르다 더 이상 오르지 않는다는 것은 두 가지를 의미했다.

첫 번째는 몬스터가 모두 전멸했다는 것이었고 다른 하나는 모두 전멸했다는 것을 의미했다.

어느 쪽인지 알 수는 없었지만 불길하게도 이런 형태는 세 번이 반복되었다.

지금 전투를 하러 떠난 군단은 북한, 일본, 그리고 대한민국이었다.

모두들 첫 번째로 떠난 일본 군단이 세 번의 전투에서 승리한 거라고 믿고 싶었지만 불길한 마음은 감출 수 없었다.

한성은 거침없이 스코어보드 앞으로 나가 말했다.

"당장 일본, 북한, 대만의 헌터들과 연합을 하십시오. 전원 총 공세를 해야 합니다!"

갑자기 끼어들어 든 한성이 못 마땅한 듯이 성호가 말했다.

"자네 지금 나한테 명령하는 건가?"

한성은 스코어보드를 가리키며 말했다.

"보이지 않으십니까? 점수가 전혀 올라가지 않고 있습니다. 이건 앞서 간 모든 헌터들이 전멸 당했다는 것을 의미합니다! 어쩌면 이곳까지 돌진해 올지 모릅니다!"

한성은 헌터들이 떠난 곳을 가리키며 말했다.

상층의 던전에서는 각성자들의 출입을 막는 배리어는 있었지만 몬스터의 출입을 막는 배리어는 없었다.

그 말은 지금 당장이라도 몬스터들은 이곳까지 들어오는 것이 가능하다는 말이었다.

한성의 말을 듣고만 있던 타국의 지휘관들도 동의를 한다는 듯이 고개를 끄덕이고 있었다.

한성에게 호의적이었던 승기 역시 거들었다.

"한성 군단장의 말이 맞는 것 같습니다."

타국의 리더들 역시 동의한다는 표정을 지었다.

잠시 생각하던 성호가 입을 열었다.

"흠. 좋다. 단 조건이 있다. 자네가 선두에 서도록! 자네의 군단이 선두에 서고 다른 모든 국가의 헌터들이 뒤를 따르겠다!"

성호의 의도는 한성에게 위험을 던지는 것과 동시에 만일에 스테이지를 점령한다 하더라도 대한민국이 1등으로 하겠다는 속셈이 동시에 담겨 있었다.

오히려 한성이 기대하던 말이었다.

한성이 답했다.

"알겠습니다. 저희가 선봉에 서겠습니다. 준비가 되는 대로 즉시 지원을 바랍니다."

곧바로 12지역구의 모든 나라들이 처음으로 하나의 팀이 되고 있었다.

남아 있던 모든 헌터들이 새롭게 진형을 갖추고 준비를 하는 순간 한성은 자신이 이끄는 7군단과 함께 먼저 출발을 하였다.

천천히 움직이고 있는 가운데 한성은 진형을 멈추었다.

한성이 부단장 희철에게 말했다.

"이곳에서 움직이지 말도록! 아까 말한 대로 진형을 갖추고 후방의 지원이 올 때까지 버틴다."

7군단이 정지해 있는 가운데 곧바로 한성은 속도를 끌어올리며 앞으로 뛰쳐나갔다.

"무슨 생각이야?"

"뭐가 나올지도 모르는데 혼자 가네?"

"소문 들었어? 앞서간 부대가 모두 다 전멸했데!"

근심과 의아함이 섞인 시선으로 모든 헌터들이 한성을 바라보는 가운데 한성의 모습은 순식간에 사라졌다.

최대한 도로 속도를 끌어올리며 몇 분간을 달리자 예상했던 좀비들의 모습이 보이고 있었다.

바다를 연상케 할 정도로 끝이 보이지 않을 정도로 많은 숫자의 좀비들이 한성을 향해 달려오고 있었다.

아까 군단장이 들었던 기계음과 똑같은 기계음이 울려 퍼졌다.

[좀비 쓰나미! 15분만 버티면 좀비들은 그대로 사라집니다!]

사실 이번 스테이지의 가장 핵심 요소는 버티기였다.

버티기가 힘들어서 그렇지 15분만 지난다면 좀비들은 순식간에 사라져 버렸다.

앞쪽에서 전멸한 군단들은 이 사실을 알지 못했고 낮은 방어력을 가지고 있는 좀비를 무시했다.

출현하는 좀비의 숫자는 무제한.

즉, 정면으로 돌격한다면 자폭이나 마찬가지였다.

좀비의 최대 속도는 속공 1.

그 이상의 속공을 가지고 있는 자라면 충분히 달아날 수 있다는 것을 의미했다.

물론 그렇다고는 해도 지금 한성은 달아날 생각이 없었다.

이들 역시 경험치를 주는 몬스터였다.

방어구를 사용하지 않고 숫자로만 밀고 들어오는 이들보다 한방에 많은 경험치를 주는 곳은 없었다.

검은 쓰나미의 물결이 덮쳐오고 있는 가운데 한성은 제자리에 멈추어 섰다.

수백만 대군을 앞에 두고 있는 일인 군단의 모습이었다.

홀로 외롭게 서 있는 한성은 두 개의 대형 창을 양 어깨에 올려놓았다.

마치 구식 박격포 두개를 양 어깨에 올려놓은 것처럼 한성은 몸의 중심을 잡으며 달려오는 좀비의 정면을 겨누었다.

55레벨로 오른 것은 단순히 체력만이 아니었다.

⟨뇌전포. 레벨 I.⟩

설명: 10초간의 마나 응축 후 창에 번개의 힘을 실어 5M 크기의 뇌전구를 내보냅니다. 스킬 발동 시까지 움직일 수 없습니다. 스킬 사용이 끝난 후에도 5분간 상대의 몸을 마비시킬 수 있는 전기 효과가 남아 있습니다. 전제 조건으로 레벨 55와 중급 이상의 창이 필요합니다.

특징: 방어력이 약한 다수의 적에게 최적화 된 공격. 쿨타임 24시간.

뇌전포.

시전까지 무려 10초라는 시간이 걸린다는 점에서 일대일의 대결에서는 쓸 수 없는 스킬이었지만 지금처럼 무식하게 정면으로 달려오는 다수의 적을 상대하기에는 최고의 스킬이었다.

양 어깨에 올려놓은 창끝에서 마나의 불꽃이 일어나며 회전하기 시작했다.

마나의 기운을 최대 한도로 모은 다는 듯이 창끝에 동그랗게 모인 푸른빛의 불꽃은 더욱더 커져가고 있었다.

회전하고 회전하기를 반복한 마나의 기운은 어느새 5M에 이르는 거대한 원형체를 만들어 냈다.

눈앞에서 거대한 두 개의 마나구가 만들어지고 있었지만 좀비들에게 이성은 없었다.

두 팔을 허우적거리며 선두에 있는 좀비가 코 앞에 도착한 순간이었다.

'먹어!'

한성은 창에 모여 있던 기운을 발산 시켰다.

콰아아아아아아아앗!

두 개의 거대한 마나구가 날아가기 시작했다.

쿠르르르르르릉!

검은 쓰나미를 지워 버리겠다는 듯이 순식간에 눈앞에 보이고 있던 좀비 수 백 마리가 사라져 가고 있었다.

바다가 갈라졌다는 듯이 좀비 쓰나미는 순식간에 갈라져 버렸다.

좀비 군단 중앙의 반경 10M의 길이 생긴 듯이 마나구가 지나간 곳에 좀비의 모습이라고는 보이지 않고 있었다.

한성이 기대했던 기계음이 울려 퍼졌다.

[레벨 업! 레벨 업! 레벨 56!]

아직 끝이 아니었다.

뻥 뚫린 앞을 향해 한성은 정면으로 돌진하기 시작했다.

'폭풍 레벨 업이다!'

달려가고 있는 한성의 양손에는 사슬과 함께 두 개의 창이 들려 있었다.

사슬 무기의 장점은 늘어나는 기능 뿐 아니라 동시에 다른 무기까지 착용을 할 수 있다는 장점이 있었다.

물론 두 개의 무기를 동시 착용했을 시 착용한 무기의 위력이 절반 이하로 감소된다는 단점이 있기는 했지만 지금 한성에게 필요한 것은 한 번에 다수의 공격을 날리는 것이지 강한 공격력이 아니었다.

뇌전포에 의해 삭제되다 시피 했던 좀비들은 어느덧 복귀되어 쌓이고 있었다.

사라졌었던 좀비들은 어느새 중앙의 빈 틈을 가득 메워 버렸고 한성을 향해 노리고 들어오고 있었다.

수만 마리의 좀비 떼 중앙에서 한성은 홀로 자리를 잡고 있었다.

한성은 제 자리에서 두 팔을 뻗었다.

두 개의 창이 뻗어나가는 것과 동시에 양 손에 장착된 사슬 역시 곧게 뻗었다.

한성은 뛰어 오르며 몸을 회전 시켰다.

좌아아아앗!

한성의 몸은 토네이도처럼 바뀌었다.

회오리바람이 일어나는 듯이 여섯 개의 사슬과 창이

회전을 하기 시작했다.

우드드드득!

늘어난 사슬의 추가 좀비의 뼈를 부숴버렸고 창은 살을 베었다.

'속공! 최대한도로!'

회오리바람을 일으키고 있는 가운데에서도 한성은 속공을 최대 레벨로 끌어 올리고 있었다.

속도의 증강과 동시에 무기 역시 더 거칠고 더 빠르게 회전되고 있었다.

눈에 보이지도 않을 정도로 여섯 개의 사슬과 두 개의 창은 빠르게 좀비들의 몸을 삭제 시켜 버리고 있었다.

좀비들에게 이성은 없었다.

무조건 돌격이라는 명령이 주입된 좀비들은 자신들의 몸이 날아가는 것도 모른 채 두 팔을 허우적거리며 한성에게 달려들고 있었다.

좀비들이 달려들면 달려들수록 한성에게 쌓이는 경험치는 더욱더 커지고 있었다.

이 짧은 시간에 이 토록 많은 경험치를 올릴 수 있는 곳은 없었다.

몇 분 안 되는 짧은 시간이었지만 순식간에 수천의 좀비를 삭제 시키자 기다렸던 기계음이 울려 퍼졌다.

[레벨 업! 레벨 업! 레벨 57!]

목표는 달성되었다.

아무리 한성이라 하더라도 이 많은 좀비들을 혼자 상대할 수는 없었다.

속공을 최대한도록 끌어 올린 탓에 체력은 급속도로 저하되어지고 있었다.

좀비들의 몸이 산산조각나는 순간에도 한성은 마음속으로 시간을 재고 있었다.

'5분.'

이제 10분만 버틴다면 2스테이지는 자동으로 클리어 되었다.

좀비 진형 밖으로 나간 한성은 방향을 바꾸며 속공을 레벨 2로 낮추었다.

방향을 군단이 있는 쪽으로 틀자 좀비들 역시 방향을 틀기 시작했다.

좀비 군단을 낚는다는 듯이 한성은 속공 2를 유지한 채 좀비 군단을 끌어내기 시작했다.

단 한명을 노리고 수만의 좀비들이 뒤를 따르기 시작했다.

자신이 세워 둔 7군단의 모습이 제일 앞에서 보이는 것과 동시에 멀리서 연합을 한 12지역구의 대규모 군단이 오고 있는 것이 보이고 있었다.

달려오고 있는 한성을 본 부단장 희철이 명령을 내렸다.

"지금이닷!"

군단의 가장 끝 쪽에 배치되어 있던 탱커들이 거대 방패로 벽을 쌓듯이 바닥에 찍기 시작했다.

쿵! 쿵! 쿵! 쿵!

단 한명도 비집고 들어올 틈을 만들지 않겠다는 듯이 촘촘히 연결된 거대 방패의 뒤로는 체력이 뛰어난 헌터들이 받치고 있었다.

순식간에 7군단은 사방이 거대 방패로 둘러싸인 요새처럼 되었고 안쪽에 있는 헌터들은 포인터와 소형 크로스 보우를 들었다.

정면으로 부딪치는 승부가 아닌 철저하게 버티기 모드로 진형이 완성되자 한성은 생각했다.

'7분.'

이제 7분만 버티면 좀비 군단은 사라질 것이 분명했다.

"7분만 버티면 된다!"

한성의 몸이 솟구치며 진형 안쪽으로 들어온 순간이었다.

"쏴라!"

포인터를 들고 있던 헌터들은 좀비들을 겨누었고 진 안쪽에 있는 헌터들의 크로스 보우는 허공을 향했다.

피슝! 피슝! 피슝!

허공으로 수천발의 마나탄이 날아가는 것과 동시에 하늘로 치솟았던 마나탄들은 폭죽이 터지듯이 흩어지면서 포인터가 타깃을 한 곳으로 쏟아지기 시작했다.

우드드드드!

하늘에서 비가 내리듯이 쏟아져 내린 마나탄에 좀비들은 쓰러졌지만 좀비들은 여전히 끊임없이 몰려오고 있었다.

좀비들의 약한 체력과 공격력으로는 두꺼운 방패를 뚫을 수 없었다.

방패는 두꺼운 벽이 되어주고 있었고 곧바로 뒤쪽에서 함성 소리가 울려 퍼졌다.

"전원 공격!"

12지역구의 모든 나라들이 동시에 좀비를 향해 달려오기 시작했다.

군단을 하나의 헌터로 본다면 지금 한성이 지휘하고 있는 7군단이 탱커의 역할을 맡고 있었다.

좀비들은 가까이에 있는 헌터들에게 먼저 반응을 한 다는 듯이 한성의 군단만을 노리고 있었다.

마나의 빛이 휘몰아치며 헌터들과 좀비들간의 격돌이 시작되었다.

그 어느 때보다 긴 7분이었다.

얼마나 많은 숫자의 좀비 이었던지 죽은 좀비들의 시체가 쌓이고 쌓여 어느새 좀비들은 시체를 밟고 방패 위로 넘어오고 있었다.

다급한 목소리가 울려 퍼졌다.

"넘어 옵니다!"

"탱커들 딜러들을 보호해라!"

"후방의 방패병! 앞으로!"

외침과 함께 한성의 창이 번쩍였다.

촤아아악!

양 손에 들고 있는 두 개의 창은 번개 같이 움직이며 방패를 넘어오는 좀비들을 찢어버렸다.

탱커들 역시 장검과 창을 꺼내들고 쉴새 없이 넘어오는 좀비들을 베고 있는 순간이었다.

"마나 탄이 떨어졌습니다!"

"아아악! 물렸어!"

조금씩 희생이 생기고 12지역구의 연합 군단 역시 희생자들이 생겨나고 있는 순간이었다.

'시간은?'

종료 시간이 되었을 거라 생각된 그 때였다.

기계음이 울려 퍼졌다.

[시간 종료! 스테이지 2클리어 하셨습니다!]

기계음이 끝나는 순간이었다.

파아아아아앗!

한 줄기의 거대한 빛이 온 들판을 스치고 지나갔다.

거대한 빛 줄기가 좀비들의 몸을 통과하는 순간이었다.

채채챙!

마치 유리가 깨어지듯이 좀비들의 몸은 산산조각이 나며 사라져 가고 있었다.

순식간에 방패의 벽을 넘으며 진형 안쪽으로 들어오고 있던 좀비들이 사라져갔고 방금 전까지 벌판에서 뒹굴고 있는 헌터들의 몸 위에 있던 좀비들 역시 사라져 버렸다.

꿈이 아니라는 듯이 기계음이 종료를 알려왔다.

[축하드립니다! 다음 스테이지는 파이널 라운드입니다. 말 그대로 보스 몬스터인 드래곤이 있는 코어로 들어가는 마지막 관문입니다. 서두르세요!]

"우와아아아!"

병사들의 우렁찬 함성이 울려 퍼졌다.

❖

얼마 후.

어느덧 날은 어두워지고 있었다.

선두에선 병사의 외침이 울려 퍼졌다.

"저곳입니다!"

대지를 뒤덮고 있던 좀비들이 거짓말처럼 사라진 후 몬스터는 단 한 마리도 출현하지 않았다.

성호는 전 속력으로 병사들을 이끌었고 눈앞에 코어로 들어갈 수 있는 마지막 관문이 보이고 있었다.

어둠속에서도 시작 지점은 화려하게 불빛을 밝혀주고 있었다.

부상병들이 낙오되고 병사들이 지친 상황이었지만 성호는 단 한 번의 휴식도 없이 단숨에 이곳까지 내달렸다.

"서둘러라! 반드시 우리가 일등을 해야 한다!"

좀비들로 꽤 많은 희생이 있기는 했지만 성호에게 무엇보다 중요한 것은 제일 먼저 마지막 라운드에 입장을 했다는 사실이었다.

입장과 동시에 도우미의 목소리가 울려 퍼졌다.

[축하합니다. 파이널 라운드에 첫 번째로 입장하셨습니다. 입장 보너스 5000점 획득!]

"우리가 일착이다!"

"와아아아아!"

다른 어떤 지역구도 12지역구만큼 빠르게 오지는 못했다.

"정수! 정수를 가져다 줘!"

"우와 5000점이야! 이거 우리가 일등 할지도 몰라!"

파이널 라운드 시작 포인트에 도착한 순간 지친 헌터들은 쓰러지고 있었고 몇몇 군단장들은 점수를 확인하고 기뻐하고 있었는데 한성의 시선은 제일 먼저 도우미의 게시판으로 향했다.

이제 마지막 관문이었다.

도우미의 설명이 이어졌다.

[파이널 라운드! 인간 군단 VS 해골 군단. 코어 입장의 마지막 관문입니다. 자세한 내용은 게시판을 확인하세요.]

과거에도 대한민국은 이 지점까지는 상위권에 속해 있었다.

이곳에서 성호는 무리를 해서 속도를 끌어 올렸고 그 결과 던전의 보스가 있는 코어에는 입장조차 하지 못한 채로 끝이 나 버렸다.

모두의 시선이 게시판으로 향했다.

빛줄기와 함께 영상이 떠오르며 지도가 펼쳐졌다.

"우와 넓다!"

2스테이지 보다 열 배는 넓을 정도로 거대한 지도가 보이고 있었다.

도우미의 설명이 보이고 있었다.

[해골 군단을 다스리는 스켈레톤 제너럴을 잡으면 승리! 병사들을 모두 처치할 필요는 없습니다.]

해골 병사는 대략 40에서 45사이의 레벨을 가지고 있었는데 문제는 숫자였다.

안내 창 아래로 해골 병사의 숫자가 보이고 있었다.

4만.

처음 던전에 입장했을 때 각 지역구의 헌터 숫자는 대략 1만명이었다.

지금 선두로 달리고 있는 12지역구만 하더라도 4500명 이상이 사망했고 1000여 명 정도가 전투 불능의 상태였다.

제대로 싸울 수 있는 병사의 숫자는 채 4000명 정도 밖에 되지 않았는데 이 숫자를 가지고 4만의 해골 병사와 싸운다는 것은 쉬운 일이 아니었다.

한성의 머릿속으로는 이미 계획이 그려지고 있었다.

'승부는 스켈레톤 제너럴을 잡으면 끝난다.'

4만의 해골 병사를 모두 잡을 필요는 없었다.

이번 라운드는 해골병사에게 명령을 내리는 스켈레톤 제너럴을 잡으면 자동으로 종료되었다.

다만 문제가 있었는데 파이널 라운드에 등장하는 해골 병사의 위력은 대단하지 않았지만 지휘하는 스켈레톤 제너널 만큼은 높은 지능을 가지고 있었다.

이번 스테이지의 가장 위험한 점은 상대 몬스터가 전략을 세운다는 점에 있었다.

지금까지 아무 생각 없이 돌격해 오는 몬스터와는 다르게 해골 병사들은 스켈레톤 제너럴에 지시에 따라 움직였는데 매복, 기습, 물량 등등 인간들이 사용하는 작전을 그대로 사용하고 있었다.

지휘관 성호가 한성처럼 미션을 바라보고 있던 그때였다.

군단장 승기의 목소리가 들려왔다.

"후방에 낙오된 자들이 아직 도착하지 못했습니다! 또한 부상병이 많습니다. 더 이상 행군은 무리라 생각됩니다."

어차피 밖은 어둠으로 가득 차 있었다.

더 이상 진격은 어려울 거라 생각한 성호가 말했다.

"날이 밝는 대로 출전한다! 부상병들을 치료해라!"

한성이 앞으로 나서며 말했다.

"날이 밝기 전에 소수의 인원을 데리고 주변 탐색을 하겠습니다."

지금까지 한성의 활약을 본 성호가 거절을 할 이유는 없었다.

성호는 허락했고 곧바로 한성은 자신의 군단에서 민석이와 지수 그리고 혁명단원들을 소집했다.

목소리를 낮춘 한성이 말했다.

"이 근처에는 스킬북을 제공해주는 몬스터가 있다. 그곳에서 날이 밝을 때까지 사냥을 하면서 스킬북 획득에 주력한다."

아직 아무도 모르고 있었지만 이 근처에는 스킬북을 자주 떨어뜨려 주는 몬스터들이 존재하고 있었다.

레벨을 어느 정도 상향 시켰으니 다음은 스킬북이었다.

한성은 이미 갖추고 있었지만 적어도 혁명단 단원들에게 스킬북은 필수 중의 필수였다.

이미 한성의 실력을 본 이들은 아무 말 없이 한성을 따랐다.

그때였다.

시작 지점 밖으로 나가려는 순간 한성은 무언가 이상하다는 것을 느꼈다.

과거 자신이 왔을 때는 분명 시작 포인트에 NPC라고는 존재하지 않았었다.

과거와 다르게 12지역구가 1등으로 도착한 탓인지는 몰라도 지금 한쪽 구석에는 몇몇 NPC들이 보이고 있었다.

"가만!"

한성은 본능적으로 모습을 숨겼다.

한쪽에서 부단장 희철의 모습이 보이고 있었다.

희철은 NPC 앞에서 무언가를 하고 있었는데 주위를 한 번 둘러 본 희철은 곧바로 어딘가로 사라져 갔다.

한성은 곧바로 희철이 있던 곳으로 다가갔다.

희철이 있는 곳에는 NPC가 보이고 있었는데 오리 NPC는 낯이 익은 얼굴이었다.

한성이 다가가자 오리 NPC가 입을 열었다.

[메시지를 보낼 수 있습니다. 천상계 던전에 있는 누구라 하더라도 이름만 알면 메시지를 보낼 수 있습니다.]

바로 생존도에 있었던 우편 NPC였다.

무언가 달라졌다는 것이 느껴지고 있었다.

우편 NPC에게 다가간 한성이 물었다.

"방금 전 메일을 사용한 사내가 누구한테 보냈는지 확인할 수 있는가?"

[노노! 사적인 정보는 유출 불가!]

오리 NPC는 단호하게 말했지만 한성은 여전히 움직이지 않고 있었다.

확인해 볼 게 있었다.

곧바로 한성은 건틀릿의 이름을 넣고 아무런 내용 없이 보내 보았다.

오리 NPC의 눈이 반짝였다.

[메시지가 성공적으로 도착했습니다.]

확인되었다.

건틀릿은 던전 30층에서 자신에게 말했던 것처럼 지금 이곳 천상계 던전에 있었다.

잠시 생각해보았다.

현재 한성의 레벨은 57.

과거 던전 30층에서 건틀릿에게 쫓겼던 때와는 판이하게 달랐다.

지금 정도의 레벨이라면 건틀릿과 승부를 볼 만한 실력이었는데 문제는 건틀릿이 어디에 있는 지 알 수 없다는 점에 있었다.

한성은 건틀릿이 있을 곳을 생각해 보았다.

아직까지 건틀릿은 모습을 드러내지 않았고 파이널 라운드 역시 스켈레톤 제너럴이라는 보스가 있었다.

'적어도 이번 라운드는 아닐 거다.'

무엇보다 이번 파이널 라운드의 무대는 상당히 컸다.

이런 광대한 지역구가 무려 12개나 있었고 더군다나 수천 명의 헌터들이 몰려 있는 상황에서 아무리 건틀릿 이라 하더라도 쉽게 모습을 드러내지는 않을 것 같았다.

'그렇다면?'

결론은 코어였다.

파이널 라운드 이후 열리게 되는 코어는 전 지역구의 플레이어들이 한 자리에 모이게 되었다.

그곳에는 던전의 최종 보스인 드래곤이 있었는데 그곳이라면 건틀릿이 숨어 있기에 최고로 좋은 장소가 될 수 있었다.

7. 파이널 라운드.

회귀의 절대자

7. 파이널 라운드.

두 시간 후.

주변을 살펴보겠다고 나간 한성은 근처 늪지대에서 두 시간 가량이나 머무르고 있었다.

이미 주변의 상황은 다 머릿속에 있었던 탓에 한성은 해골군단이 출몰하는 지점까지 알고 있었다.

시작 포인트 근처로는 해골 병사들이 나타나지 않았고 오히려 헌터들에게 도움이 되는 장소들이 몇몇 있었다.

한성이 선택한 곳은 늪.

스킬북의 늪이라는 이름이 붙어 있는 이곳 늪지대는 그 어느 곳보다 스킬북을 많이 제공해 주는 장소였다.

물론 아주 상급의 스킬북은 나오지 않았지만 스킬북이

라는 것은 원래부터 귀했고 현 상황에서 혁명단은 기초적
은 스킬북조차 제대로 갖추지 못하고 있었다.

어둠속에서 유리의 스태프는 불빛을 환하게 비추고 있었
다.

늪의 물이 튀어 오르는 가운데 몬스터의 괴성이 귀를 찢
었다.

"우가가아아!"

늪에서 하마 몬스터가 입을 벌리며 튀어 나오고 있었다.

사람을 잡아먹을 정도로 커다랗게 입을 벌리고 있는 하
마 몬스터였지만 이미 익숙해질 대로 익숙해진 혁명단원들
중 놀라는 사람은 없었다.

이 곳에서 나오는 스킬들은 이미 한성은 소유하고 있었
던 탓에 한성은 스킬이 나올 때마다 아낌없이 혁명단원들
에게 나누어 주고 있었다.

촤아아아앗!

한성의 검이 한번 휘둘러지는 순간 하마 몬스터가 사라
지며 스킬북이 튀어나오고 있었다.

민석이가 소리쳤다.

"와! 또 나왔다!"

"이건 공격 스킬이 아닌 것 같은데?"

"Exit? 출구? 이거 어디에 쓰는 거야?"

지금까지 꽤 많은 스킬북이 튀어 나왔지만 눈길 하나 주
지 않고 있었던 한성이 처음으로 검을 멈추었다.

〈EXIT 스킬. 레벨 I〉

설명: 지정한 동료 8명까지 동시에 던전에서 빠져 나갈 수 있게 합니다. 던전은 지하계 30층까지 가능하고 천상계 3단계까지 사용가능합니다. 반드시 레벨 40이상의 플레이어가 스태프를 들고 있어야 하며 아티팩트가 작동되고 있는 상황에서만 사용 가능합니다.

특징: 시전까지 30초의 시간이 걸립니다. 1회만 사용 가능합니다.

상당히 의외의 스킬이 나와 주었다.

던전에서 위기에 빠졌을 때 살아 나갈 수 있는 EXIT 스킬이 이곳에서 나왔다.

1회만 사용가능한 일회용 스킬이었지만 EXIT 스킬은 자신조차 가지고 있지 못한 스킬이었다.

다만 자신이 쓰기에는 난감한 점이 보였다.

스태프를 들고 있어야 했고 쿨 타임이 30초나 걸린다는 사실은 전투 중에는 사용이 불가능하다는 것을 의미했다.

자신보다는 보조계가 가지고 있는 것이 좋을 것 같았다.

한성은 혁명단을 바라보았다.

보조계는 유리가 유일했다.

한성은 스태프를 들고 있는 유리에게 스킬북을 건네며 말했다.

"만일의 사태에 대비해 미리 같이 빠져나갈 사람들을 지정해 두도록. 던전에서 급박한 상황이 발생하면 그대로 사용한다."

곧이어 사냥은 계속 되었고 어느 정도 시간이 지났을 무렵이었다.

"누군가 옵니다!"

인기척을 느낀 한성이 바라보자 군단장 승기가 헌터들과 함께 다가오고 있었다.

군단장 승기가 자신을 바라보며 말했다.

"여기에 있었군! 여기에서 뭐 하고 있었던 거야?"

"무슨 일입니까?"

한성의 물음에 승기가 목소리를 낮추며 말했다.

"서둘러 시작 지점으로 돌아가자고! 관리자가 왔어."

한성의 눈이 커졌다.

원래 처음 열리는 던전은 위험 여부에 상관없이 상위의 헌터들은 참여를 하지 않았다.

철저하게 최상급 헌터들을 보호하기 위한 취지였는데 뜻밖의 말이 이어지고 있었다.

"12지역구에서 승부를 보려고 하나봐. 처음 비워 두었던 100명의 자리에 정예를 데려왔고 포돌스키 관리자까지 직접 왔다고."

4급 이상 되는 헌터들만 하더라도 위험 부담에 참여를 시키지 않았는데 놀랍게도 지금 대한민국의 최고관리자인 포돌스키가 던전으로 온 상황이었다.

승기조차 믿기지 않는다는 듯이 말했다.

"더 놀랄 것은 대한민국뿐이 아니야. 12지역구의 모든
관리자들이 함께 왔어!"

❖

날이 밝아지고 있었다.

시작 지점으로 돌아오면서 한성은 생각에 잠겼다.

'달라졌다.'

자신이 알고 있던 과거와는 달라지고 있었다.

과거에 없었던 NPC가 생겨났단 것은 큰 변화가 아니라
고 할 수 있었지만 지금처럼 관리자 그것도 12지역구의 모
든 관리자가 동시에 이곳에 왔다는 것은 획기적인 변화가
일어났다는 것을 의미했다.

한성의 머릿속으로 희철의 모습이 떠올라왔다.

부단장 희철이 보낸 메시지는 어쩌면 포돌스키에게 보낸
메시지일지 모른다는 생각이 들었다.

'설마? 보고한 건가?'

희철이 지금까지 상황을 보고한 것까지는 큰 문제가 없
었다.

단순히 대한민국이 선두로 달리는 상황에서 1등의 자리
를 굳히기 위해 온 것이라면 문제는 없었다.

다만 만일 포돌스키가 온 이유가 다른 목적이 있다면 얘기는 달라졌다.

지금까지 자신은 관리자들의 눈을 속이기 위해 행동을 했었다.

던전 밖에서는 철저하게 방탕한 생활을 하면서 지냈는데 만일 자신의 꼬투리가 잡혔다면 상황은 복잡하게 될 수밖에 없었다.

총사령관 성호의 목소리가 울려 퍼졌다.

"전원 집합하라!"

헌터들은 모두 다 모이기 시작했는데 대한민국 헌터들뿐만 아니라 타국의 헌터들까지 모두 모여들고 있었다.

한성의 눈이 전방에 미리 대기를 하고 있는 400명의 헌터들에게 향했다.

100명의 자리를 비워 둔 나라는 대한민국만이 아니었다.

북한, 일본, 대만 역시 각각 100명의 정예를 참가시키기 위해 비워 두었고 지금 눈앞에는 400명의 12지역구 최정예 헌터들이 자리를 잡고 있었다.

곧바로 한성의 시선이 각 군 단 앞에 있는 네 명의 인물들에게 향했다.

대만의 관리자 장첸민. 북한의 관리자 리민수. 일본의 관리자 아베, 그리고 대한민국의 관리자 포돌스키까지 12지역구의 수장들인 네 명의 관리자가 모두 한자리에 나타나 있었다.

네 명의 관리자가 한 자리에 모인다는 것은 상당히 드문 일이었는데 지금 같이 위험이 있는 던전에서 모두 모인다는 것은 더더욱 믿기지 않는 일이었다.

모두가 놀라고 있는 가운데 한성의 시선은 성호와 희철에게 향했다.

총사령관 성호 역시 당황한 듯 보였는데 정작 희철은 태연한 표정이었다.

'이 놈이 끄나풀이었군.'

분명 희철이 보낸 메시지는 포돌스키에게 보고를 한 것이 분명했다.

한성의 머리가 바쁘게 움직였다.

원래대로라면 성호는 이곳에서 서두른 탓에 스켈레톤 제너럴에게 철저하게 박살나게 되었다.

포돌스키가 이곳에 왔다는 것은 지휘관이 바뀌었다는 것을 의미했고 포돌스키라면 결코 성호처럼 철저하게 무너지지는 않을 거라는 생각이 들었다.

그때였다.

총사령관 성호가 조심스럽게 포돌스키 앞으로 다가갔다.

현재 자신이 이끄는 지역구가 1등을 달리고 있으니 마음속으로는 칭찬을 받을 거라는 생각이 있었지만 성호는 일단 예의를 갖추며 말했다.

"이렇게 갑작스럽게 와 주셔서 송구합니다. 아직 위험이 도사리고 있으니……."

포돌스키는 더 이상 듣고 싶지 않다는 듯이 한손을 들어 올리며 말했다.

"아! 그만! 당신의 무능은 더 이상 보고 싶지도 듣고 싶지도 않군요. 소중한 헌터들을 희생 시키고 버리고 간 죄는 추후에 묻겠습니다."

전혀 예상하지 못했던 포돌스키의 대답에 성호의 눈이 커졌다.

"어엇! 지금 저희는 1등을 달리고 있습니다만?"

순간 포돌스키의 얼굴이 무섭게 변했다.

"지금 하나 하나 당신의 잘못을 따져 볼까요? 저는 아주 무섭습니다만?"

얼마나 섬뜩한 표정이었는지 성호는 아무런 말도 하지 못하고 구석으로 물러나게 되었다.

곧이어 포돌스키는 각국의 관리자들을 바라보며 말했다.

"그럼 제가 대표로 연설을 하겠습니다."

타국의 관리자들은 모두 다 동의했고 포돌스키는 모든 헌터들의 시선을 받으며 중앙으로 나섰다.

조금 전의 살기가 가득한 모습과는 다르게 포돌스키의 얼굴에는 미소와 함께 인자함이 가득했다.

"안녕하십니까? 12지역구의 자랑스러운 헌터 여러분들! 대한민국의 관리자 포돌스키입니다. 여러분들의 희생과 노력 덕분에 우리 12지역구가 선두에 올라섰습니다. 지금부터는 저희가 앞장을 설 것이고 확실한 끝맺음으로 던전의 점유율을 최상위까지 올리겠습니다. 출신 지역과 문화가 다르지만 모두 한 마음으로 행동하기로 합시다!"

포돌스키의 연설이 이어지고 있는 가운데 한성은 생각했다.

'만일 혁명단의 존재를 알고 있다면 비밀리에 처단했을 거다. 즉 아직 이들은 혁명단이 누구인지는 알지 못한다는 거다. 그렇다면 역시 던전인데 관리자 4명이 모였고 최정예 400명이 추가 되었다. 이런 상황이라면 분명 1등은 놓치지 않을 거다. 하지만 다른 목적이 있다면?'

곧바로 한성은 수진과 지수에게 속삭이듯이 말했다.

"혁명단들은 최대한 가까이 붙어 있도록! 만일에 사태에 대비해 즉각 빠져 나간다."

어느새 포돌스키는 앞 쪽에 모여 있는 400명의 정예 부대를 소개하고 있었고 곧바로 말을이었다.

"정예 부대 뿐만 아니라 또 소개 시켜 드릴 분들이 있습니다!"

모두의 시선이 포돌스키가 바라보는 쪽으로 향했다.

4명의 사람들이 앞으로 나오기 시작했다.

각기 다른 복장을 한 4명의 사내들은 헌터의 복장이 아닌 일상적인 옷을 입고 있었는데 4명의 사람 중 유난히 눈에 띄는 아가씨가 보이고 있었다.

헌터의 복장이라고는 상상할 수 없는 20대의 미모의 아가씨는 드레스 차림으로 앞으로 나오고 있었는데 단번에 모두의 시선을 끌어 잡았다.

헌터들이 술렁거렸다.

"뭐야? 연예인 응원단이야?"

"무식아. 한명 입장이 아쉬운데 아무렴 헌터가 아닌 자를 보내겠냐?"

"그럼 뭐야? 4명 모두 복장이 헌터 복장이 아니잖아. 저 여자는 하이힐까지 신었어."

꽤 예쁘장한 아가씨 이었는데 마치 파티에 가는 복장에 얼굴에는 미소를 머금고 있었다.

모두의 시선을 받는 것이 기분 좋은 듯이 여자는 손가락으로 마나를 튕기며 핑크빛 하트를 만들어 내고 있었다.

모두가 어리둥절하고 있는 가운데 한성은 굳은 채로 자리에 서 있었다.

심장이 덜컥 거리고 있었다.

처음 보는 여자였지만 느낌으로도 눈앞의 여자가 누구인지 알 수 있었다.

'어찌 잊을 수 있을까.'

생존도에서 보았을 때와는 완전 다른 외형이었지만 그녀가 누구인지는 알고 있었다.

그녀는 바로 대한민국의 최종병기 에솔릿이었다.

에솔릿의 곁에는 세 명의 사내들이 같이 나오고 있었는데 에솔릿과 마찬가지로 대만, 북한, 일본의 대표 HNPC들이었다.

네 명의 HNPC들은 하나 같이 진짜 모습을 숨긴 채 인간의 모습을 하고 있었는데 그 탓에 그 어디에서도 몬스터와 같은 모습은 전혀 보이지 않고 있었다.

관리자와 정예도 모자라 각국을 대표하는 HNPC까지 모였으니 이건 12지역구가 올인을 하고 있다는 것을 의미했다.

소개가 모두 다 끝나고 헌터들은 새롭게 진형을 갖추기 시작했다.

"정예 탐색조 분들이 이미 수색을 시작했습니다. 그들이 돌아오면 곧바로 출발하겠습니다. 모두 준비해 주세요."

기존에 있던 부대들은 후방으로 밀려났고 새롭게 도착한 정예 400명이 선봉에 선 채로 대기하고 있었는데 정작 가장 큰 활약을 해야 할 HNPC들은 관리자들 곁에 있었다.

각국의 관리자들 역시 에솔릿의 이름은 들어 알고 있었다.

다른 HNPC보다 훨씬 더 뛰어난 실력을 가지고 있는 에솔릿은 대한민국의 주력 병기였고 그 덕분에 대한민국은 다른 나라보다 빠르게 던전을 점령할 수 있었다.

그 탓에 포돌스키를 제외한 타국의 관리자들 시선은 모두 다 에솔릿을 향하고 있었다.

조금의 부담감도 느끼지 않는 다는 듯이 에솔릿은 싱긋 웃어 보이고 있었다.

던전과는 전혀 어울리지 않을 예쁜 아가씨의 모습에 관리자들은 모두 다 의아한 표정을 지었다.

'진짜 모습은 팔 여섯 개 달린 지네라고 하던데?'

'이게 에솔릿? 역대 최강 HNPC란 말인가?'

'인간 껍데기를 쓰고 있어서 그런가? 아직까지는 전혀 강하다는 것을 모르겠는데?'

포돌스키가 에솔릿을 바라보며 말했다.

"외모를 바꾸셨군요. 어린애에서 상당한 미인으로 바뀌었습니다. 눈부실 정도로 아름다우시군요."

에솔릿은 자신의 외모를 칭찬하는 말에 기쁜 듯이 웃으며 말했다.

"먹어 치운 플레이어들 중에서 가장 예쁜 여자로 골랐는데 뭐 나쁘지 않네요."

섬뜩한 말을 거침없이 하고 있던 에솔릿이 말했다.

"근데 가급적이면 난 활약을 최소한으로 해 주었으면 하는데요? 변신하면 옷도 찢어지고 화장도 다시 해야 하니까 귀찮아요."

"아, 아! 알겠습니다. 이번 라운드에서는 딱 한번만 활약해 주시면 됩니다."

명색이 대한민국의 지휘관이라는 포돌스키가 HNPC에 불과한 에솔릿에게 깍듯이 대우해 주는 모습에 타국의 관리자들은 놀라고 있었다.

일반적으로 HNPC는 절반의 몬스터로 던전에서 몬스터를 죽이는 용도 그 이상도 이하도 아니었다.

'명색이 관리자라는 자가 고작 HNPC 따위에?'

'대한민국 관리자에 의외의 인물이 선정 되었다는 말은 들었지만 확실히 다른 관리자들과 다르기는 다르다.'

그때였다.

"중국! 미국! 파이널 스테이지에 도착했습니다!"

"탐색조 돌아오고 있습니다!"

게시판에는 미국과 중국이 도착했음을 알리는 불빛이 들어오고 있었고 때맞추어 먼저 출발 했었던 정예 탐색조원들이 돌아오는 모습이 보이고 있었다.

포돌스키가 검을 꺼내 들며 말했다.

"자, 자! 모두 준비합시다! 아까 말한 대로 진형을 배치시켜 주세요. 후딱 스켈레톤 제너럴을 잡아 버리고 코어로 들어갑시다!"

❖

몇 분 후.

한성은 새롭게 배치된 위치에서 병사들과 함께 출발

준비를 하고 있었다.

12지역구 모든 부대들이 새롭게 배치가 되었는데 한성의 그룹은 진형 중앙에 배치되어 있었다

진형의 위치는 바뀌었지만 군단은 그대로였고 한성은 여전히 7군단의 지휘를 맡고 있었다.

'무슨 생각인 거냐?'

처음부터 한성은 코어까지 갈 생각이 없었다.

이미 목표한 레벨과 혁명단을 위한 스킬북을 챙겨두었으니 파이널 라운드의 대 혼란 속에서 빠져나갈 생각이었다.

건틀릿을 만날 위험을 감수할 이유가 없었고 코어의 드래곤은 결코 12지역구의 인원으로는 잡을 수 조차 없었다.

그 탓에 코어 입장 전인 이번 스테이지에서 빠져 나갈 생각이었는데 예상외의 일이 벌어지고 있었다.

단순히 던전 정복을 위해 총전력을 기울였다면 다행이겠지만 만일 하나라도 자신이 혁명단과 내통하고 있다는 사실이 밝혀졌다면 이건 큰 일이 아닐 수 없었다.

'관리자 4명에 에솔릿, 그리고 400명의 정예까지 있다. 힘으로 제압하는 것은 불가능하다 하지만 어째서?'

한성이 의아한 생각을 가지고 있던 순간이었다.

민석이가 조심스럽게 한성과 지수에게 속삭이며 말했다.

"어젯밤에 일본 헌터 몇몇이 사라졌습니다. 아마 혁명단원 인 것 같습니다."

순간 한성의 머릿속으로는 아차 하는 생각이 들었다.

아직 전 세계적으로 퍼지지는 않고 있었지만 혁명단은 대한민국에만 있는 것이 아니었다.

일본 역시 미미하기는 했지만 혁명단이 존재하고 있었고 이들에게도 천상계의 아이템과 레벨업은 큰 유혹이 아닐 수 없었다.

지금까지 한성은 대한민국과 미국의 혁명단에만 시선을 집중시키고 있었다.

대한민국 혁명단이 걸리지 않았다 하더라도 일본 혁명단이 걸리지 않았다는 보장은 없었다.

아직 각국의 혁명단끼리는 크게 내통이 되어 있지 않은 상황이었다.

서로를 알지는 못하고 있었지만 일본 혁명단이 전멸 당했다는 것은 관리자들의 경계가 더 삼엄해 졌을 것이 분명했다.

그때였다.

검을 빼낸 포돌스키의 목소리가 울려 퍼졌다.

"선두에는 제가 섭니다!"

관리자중 가장 선두에 선 자는 포돌스키가 유일했다.

타국의 관리자들은 가장 후방에 있었고 대신 HNPC를 앞세워 두었는데 포돌스키만큼은 에솔릿과 함께 나란히 선두에 서 있었다.

가장 위험한 곳에 서 있는 관리자의 모습에 모든 헌터들은 놀라고 있었다.

헌터들의 놀란 표정에도 아랑곳없이 포돌스키가 말했다.

"자! 출발합니다! 속공을 사용하지 않습니다! 출발!"

속공을 전혀 사용하지 않는 느릿한 행군이 진행되고 있었다.

시작 지점을 출발한 지 얼마 지나지도 않았지만 병사들의 분위기는 완전히 달라져 있었다.

4000명대 4만.

헌터들 모두 다 상대해야 할 해골 군단의 숫자는 알고 있었지만 성호가 지휘할 때의 불안감은 어디에도 없었다.

한성은 생각했다.

'단지 검을 들고 선두에 섰을 뿐이었지만 분위기가 완전히 달라졌다. 역시 절대자를 상대하기 전에 넘어야 할 가장 큰 산은 저 사내인가?'

회귀 전 들었던 그의 능력을 직접 볼 기회였다.

헌터들의 사기는 하늘을 찌를 듯이 높아만 갔고 어느새 해골군단의 모습이 보이기 시작했다.

"적 출현!"

마치 인간이 전략을 짠 것처럼 해공병사들은 자로 잰 듯이 칼 같이 군단을 짠 상태로 모습을 드러내고 있었다.

과거 대한민국이 참패를 했던 지점이 바로 이 지점이었다.

몬스터 주제에 인간처럼 전략을 짤 줄 몰랐던 성호는 서둘러야 한다는 생각에 무리하게 밀어 붙였고 철저하게 스켈레톤 제너럴에게 유린당하게 되었다.

그때와 상황은 비슷했다.

선두에는 방패를 든 해골군단이 배치되어 있었고 뒤쪽으로는 활을 든 해골 병사들이 하늘을 향해 화살을 겨누고 있었다.

포돌스키가 속도를 높이며 외쳤다.

"앞쪽의 정예 군단은 속공 레벨4! 뒤쪽은 그대로 속도를 유지합니다! 고고고!"

가장 먼저 앞서 나가는 포돌스키의 곁으로 에솔릿과 타국의 HNPC들이 바짝 붙었다.

정예 군단 400명이 순식간에 앞쪽으로 달려 나가기 시작했고 해골군단의 화살이 하늘로 쏘아져 올라갔다.

달려 나가면서도 포돌스키는 명령을 내리고 있었다.

"에솔릿 제외 하시고 다른 분들은 변신!"

포돌스키의 명령이 끝나는 순간이었다.

좌아아아앗!

에솔릿을 제외 한 세 명의 HNPC들의 몸에서 빛이 솟구치기 시작했다.

인간의 모습은 어디에도 없었고 각기 호랑이, 독수리, 그리고 코끼리의 형상을 가진 HNPC들이 본래의 모습을 드러내기 시작했다.

"달려가 방패병을 박살내십시오!"

세 명의 HNPC는 최대한도로 속공을 끌어 올리며 선두로 달려 나갔다.

곧바로 포돌스키가 뒤쪽을 향해 말했다.

"화살 떨어집니다! 알아서 막으세요!"

포돌스키의 말이 끝나기 무섭게 하늘에서는 화살비가 쏟아져 오기 시작했다.

포돌스키와 에솔릿의 몸은 환영이 일어나듯이 빠르게 움직이며 화살 비 틈 사이로 피하고 있었고 뒤쪽의 정예병들은 방패를 들어 올리며 하늘에서 떨어지는 화살을 막고 있었다.

화살비를 맞으면서도 이들의 진형은 전혀 속도를 늦추지 않고 있었다.

곧바로 포돌스키의 시선은 선두에서 달려간 HNPC들에게 향하고 있었다.

콰과과광!

굉음과 함께 세 명의 HNPC는 벽을 만들고 있던 해골군단의 방패병들을 날려 버리고 있었다.

에솔릿 만큼의 강함은 아니었지만 HNPC의 강함은 방패병들을 뚫어버리기에는 충분했다.

포돌스키가 속도를 높이며 외쳤다.

"그대로 쓸어버리십시오! 무조건 직진! 직진!"

뻥 뚫린 진형을 향해 창을 꽂아 넣듯이 병사들의 돌격이 시작되었다.

좌우의 병사들은 아랑곳없이 포돌스키가 이끄는 주력부대는 무식할 정도로 전 속력으로 달려나가고 있었는데 순간 가장 후방에서 지휘를 하고 있던 스켈레톤 제너럴이 미소를 머금고 손을 들어 올렸다.

손짓과 함께 스켈레톤 제너럴 주변에 있던 몬스터들은 뒤로 물러나기 시작했다.

"적군 후퇴 합니다!"

상대의 진형이 바뀌는 것에도 아랑곳없이 포돌스키는 오로지 돌격만을 외치고 있었다.

"상관없습니다! 그대로 돌격!"

순식간에 진형은 쑥대밭이 되어 버렸고 뒤를 따르고 있던 병사들 역시 적군 한 복판으로 들어오게 되었다.

해골 병사들과 난전이 벌어지고 있는 가운데 한성이 외쳤다.

"진형 유지! 흩어지지 않는다!"

악착같이 공격을 하는 타 진형과는 다르게 한성은 방어 대형을 유지하고 있었다.

한성의 시선은 난전이 아니라 선두에서 지휘하고 있는 포돌스키 쪽으로 향하고 있었다.

'이제 적군의 전략이 시작된다. 어떻게 할 건가?'

한성은 이미 적군의 전략을 꿰뚫어 보고 있었다.

해골 군단 쪽에서 본다면 커다란 U자 형태로 진형이 움직이고 있는 상황이었는데 헌터쪽에서 본다면 점점 더 중앙의 깊숙한 쪽으로 빨려 들어가고 있는 것을 의미했다.

이제 곧 해골 군단의 양 끝은 헌터들의 후방을 잡을 것이 분명했고 그렇게 된다면 헌터들은 모두 다 포위되어 버리게 될 것이 분명했다.

과거 대한민국이 당했던 전법과 똑같았다.

"아앗! 후방 막혔습니다!"

한성의 예상대로 해골 군단은 헌터들의 후방을 닫아 버렸고 헌터들은 전원 포위되어 버린 상황이었다.

포위하는 것을 신호로 사방에서 해골병사들이 돌격해 오고 있었다.

'설마? 모든 후방의 헌터들을 버리려는 건가?'

그때였다.

포돌스키의 시선에 달아나고 있는 스켈레톤 제너럴의 모습이 보이고 있었다.

포돌스키는 에솔릿에게 스켈레톤 제너럴을 가리키며 말했다.

"저 놈 입니다! 저 놈만 내리찍어 주십시오!"

"흐음."

곧바로 달려가고 있던 에솔릿의 몸에 빛이 번쩍이기 시작했다.

파아아아앗!

달려가고 있는 상황에서 숙녀의 모습이 사라지는 것과 동시에 에솔릿의 본 모습이 나타나기 시작했다.

조금 전까지 달려가고 있던 미모의 아가씨는 어디에도

없었다.

그 대신 거대한 지네의 몸이 모습을 드러내고 있었다.

쿠르르르르릉!

대지의 울림과 동시에 당황한 쪽은 헌터들 뿐이 아니었다.

가장 후방에서 승리를 확인하고 있던 스켈레톤 제너럴의 눈이 커졌다.

앞에서 보호하고 있던 해골병사들은 전혀 도움이 되지 못했다.

꿈틀 거리며 달려오고 있는 에솔릿의 몸짓에 순식간에 수 십 마리의 해골병사들이 뼈다귀로 바뀌며 사방으로 튀어 오르고 있었다.

스켈레톤 제너럴이 놀란 눈으로 에솔릿을 올려 보는 순간이었다.

에솔릿의 손이 바퀴벌레 내리찍듯이 스켈레톤 제너럴의 몸을 내리찍었다.

콰과과과광!

압도적인 힘의 차이를 보여 준다는 듯이 에솔릿의 손에 스켈레톤 제너럴의 몸은 산산조각이 나버리고 말았다.

'이거였구나!'

아직 주변에는 해골 병사들이 가득했지만 한성은 들고 있던 검을 내려놓았다.

포돌스키는 처음부터 스켈레톤 제너럴만을 노리고 있었다.

스켈레톤 제너럴이 함정을 판 것도 알고 있었고 오히려 그 부분을 역 이용 해서 최대한 도로 빠른 시간에 정예 부대와 HNPC만을 이용해서 끝내버릴 생각이었다.

좀비들이 사라졌을 때처럼 주변에 가득했던 해골 병사들은 순식간에 사라져 버렸다.

기계음이 울려 퍼졌다.

[파이널 라운드 종료. 12지역구 최초로 파이널 라운드를 통과 했습니다! 다음은 던전의 보스가 있는 코어입니다. 드래곤이 기다리고 있습니다. 서두르세요!]

"와! 와!"

눈 깜짝 할 사이에 파이널 라운드는 끝이 나 버렸다.

헌터들의 함성 소리가 울려 퍼지고 있는 가운데 포돌스키는 병사들이 있는 쪽을 바라보고 있었다.

'이제 배신자들을 처단할 시간이다.'

8. 코어.

회귀의 절대자

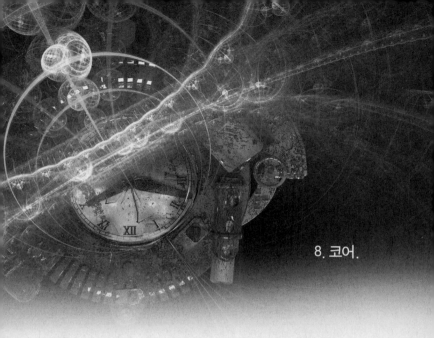

8. 코어.

포돌스키가 단번에 전투를 끝내버린 그 시각.

부하들은 아랑곳없이 곧바로 다음 스테이지의 시작 지점으로 내달렸던 성호와는 다르게 포돌스키는 그 자리에 멈추어 선 채 부상병들을 치료하게 하고 있었다.

타국과의 시간 싸움이 진행되고 있었지만 포돌스키는 서두르지 않은 채 헌터들을 우선시 했고 헌터들이 부상병들을 치료하고 있는 가운데 후방에 있던 관리자들은 모두 다 포돌스키가 있는 앞쪽으로 모여들었다.

에솔릿은 아직까지 거대 지네의 모습을 유지하고 있었는데 관리자들은 처음 본 에솔릿의 모습에 감탄을 금하지 못하고 있었다.

"말로만 들었는데 실제로 보니 소문 보다 10배는 강한 것 같군요."

"멍청하게 힘만 센 우리 HNPC와는 격이 다른 것 같군요. 부럽기도 하고 시샘도 납니다."

포돌스키가 웃어 보이며 답했다.

"어차피 12지역구는 하나의 나라나 마찬가지입니다. 에솔릿을 대한민국의 HNPC라 생각하지 마시고 12지역구의 HNPC라 생각해 주십시오."

일본 관리자 아베가 말했다.

"이제 드래곤이 있는 코어 인가요? 아! 그 전에 저항군을 제거해야겠군요."

원래 처음부터 관리자들은 저항군 중 상당수가 상층 던전에 들어올 것이라 예측하고 있었다.

현 시점에서 저항군들이 비교적 쉽게 들어갈 수 있는 곳은 하층 던전 밖에 없었다.

이들이 상층 던전을 갈 수 있는 기회를 놓칠 리는 없었고 그 결과 일본의 저항군들은 이미 제거가 된 상황이었다.

대만의 관리자 진첸민이 목소리를 낮추며 물었다.

"숨어들어온 저항군에게 에솔릿을 사용하실 생각이십니까?"

포돌스키는 당치도 않다는 듯이 고개를 흔들었다.

"무슨 농담을. 소 잡는 칼을 닭 잡는데 쓸 수는 없지요. 에솔릿은 드래곤을 탱킹할 겁니다."

"어엇!"

드래곤을 붙잡는 용도로 에솔릿을 사용한다는 말에 관리자들 모두가 놀란 표정을 지었다.

"설마?"

포돌스키는 고개를 끄덕였다.

"그렇습니다. 이번 월드 던전 3단계는 우리 12지역구가 독식합니다. 코어의 드래곤은 우리끼리 잡습니다."

"그, 그게 가능합니까?"

누군가는 질문을 하고 있었고 누군가는 무리라는 듯이 고개를 흔들고 있었다.

알려지지 않고 있는 사실이었지만 각국의 대표 관리자들은 비밀리에 보스 몬스터에 대해 알고 있었다.

아무리 드래곤 중에 최저 레벨에 있는 드래곤이라 할지라도 이번 월드 던전 3단계에 있는 드래곤의 강함은 12지역구의 헌터들로만으로는 어림도 없었다.

당연히 포돌스키 역시 이 사실을 알고 있을 것이 분명했지만 포돌스키가 말했다.

"제 계획대로 진행된다면 충분히 12지역구의 헌터들만으로 드래곤을 잡을 수 있습니다."

예상하지 못했던 포돌스키의 말이었다.

"계획이라니? 우리가 알지 못하는 계획이 있단 말이오?"

"아! 뭐 이건 제 개인적인 거래라서. 말씀드리기는 뭣 합니다만 뭐 여러분들께도 이득이 되는 일이니 너무 불편하게 생각하지는 말아 주십시오."

미소 지으며 말하고 있었지만 더는 묻지 말라는 말과 같았다.

포돌스키의 날카로운 눈빛에 관리자들은 침묵했다.

같은 관리자들 이기는 했지만 관리자들 사이에서도 서열은 있었다.

12지역구의 사도인 마승지 다음이 바로 포돌스키였고 현재 관리자 중에서 가장 높은 서열이 포돌스키였다.

일본 관리자 아베가 말했다.

"일본의 저항군은 미리 발견한 탓에 제거했지만 한국과 대만 그리고 북한의 저항군은 완전히 파악하지 못하지 않았습니까? 또 우리쪽 저항군 중에도 아직 숨어 있는 몇몇이 있을 거라 생각 됩니다."

포돌스키가 고개를 갸웃거리며 말했다.

"그 문제를 해결하려 합니다. 누가 저항군인지 아닌지는 알 수 없으니까요 덫을 놓고 확인해 보겠습니다. 일단 코어에 입장하기 전에 저항군 쪽 먼저 정리하도록 하죠."

계획을 미리 말해 두었다는 듯이 포돌스키가 진첸민과 리민수를 바라보며 물었다.

"준비 되셨습니까? 덫은 이미 설치해 두었으니 한방에 박살내 버려야 합니다."

북한의 관리자 리민수가 말했다.

"우리 쪽에서 온 자들 중 저항군은 많지 않을 거요. 많아야

10명 남짓으로 생각합니다."

대만의 관리자 진첸민도 말했다.

"부끄럽게도 우리 지역구에서 파악한 저항군의 숫자는 무려 80명이 넘습니다. 에솔릿은 몰라도 보호를 위해 HNPC라도 곁에 두어야 하지 않겠습니까?"

포돌스키는 고개를 흔들었다.

"아뇨, 우리 쪽에서 위험을 걸지 않으면 저항군은 머리를 내밀지 않을 겁니다. 그들에게 이길 수 있다는 생각을 가지게 해 주어야 합니다. 이 기회에 뿌리를 뽑지요."

❖

어느새 부상병들의 치료가 끝나고 헌터들은 코어를 향해 떠나고 있었다.

한성은 굳은 표정을 지었다.

'너무 일찍 끝나 버렸다.'

파이널 라운드에서 상당한 시간이 걸릴 거라 생각했지만 관리자들과 에솔릿의 출현으로 인해 파이널 라운드는 무기력하게 끝나 버렸다.

이건 한성이 원한 것이 아니었다.

해골 군단과의 혼란의 틈을 이용해서 빠져 나갈 계획이었지만 벌써 종료가 되어 버렸으니 현 상황에서 독자적으로 움직일 수는 없었다.

일단 코어에 입장을 한다면 밖으로 빠져 나오는 것은 사실상 불가능했다.

코어 입장 전에 세이프 타워가 있는 곳은 코어 주변 밖에 없었는데 그 숫자는 단 한개에 불과했다.

아티팩트와는 다르게 세이프 타워는 한 번에 한명만 이동이 가능했다.

이 많은 헌터들이 모두 다 세이프 타워를 이용해야 한다면 상당한 시간이 걸릴 것이 분명했다.

즉 포돌스키는 저항군들이 있다는 걸 알고 있다는 것을 의미했다.

그때였다.

선두에서 진형을 이끌고 있던 포돌스키가 멈추어 섰다.

"잠시 멈추세요! 도착한 것 같습니다!"

멀리 앞에 코어가 보이고 있었다.

얼핏 보아서는 동굴처럼 보이고 있었는데 동굴 안이 바로 월드 던전의 최종 보스인 드래곤이 있는 곳이었다.

동굴 입구 쪽에서는 마나의 기운이 흐르고 있었는데 사실 이것은 동굴 안쪽으로 들어가는 것이 아니라 다른 공간 즉 지금 월드 던전에 모인 모든 플레이어들이 함께 만날 수 있는 곳으로 이동시켜 주는 곳이었다.

다만 그때와 다른 점이 보이고 있었다.

코어에서 얼마 떨어지지 않은 곳에는 세이프 타워가 보이고 있었다.

한 두 개의 세이프 타워도 아닌 무려 스무 개도 넘는 세이프 타워들이 줄을 선 채로 준비되어 있는 모습이 보였다.

한성의 눈이 번뜩였다.

'분명 이곳에 세이프 타워는 하나 밖에 없었다.'

과거 월드 던전이 점령되었을 때 수도 없이 와 본 한성이었다.

이곳의 지리는 그 누구보다 잘 알고 있었고 이곳에 있는 세이프 타워는 분명 한 개였다.

곧바로 한성의 눈이 세밀하게 세이프 타워를 살폈다.

자세히 보지 않으면 알 수 없었지만 단 한 개의 세이프 타워를 제외 하고는 세이프 타워에는 그림자가 보이지 않고 있었다.

'카피 스킬!'

카피 스킬은 보조계 스킬 중에 꽤 상급에 속하는 스킬 이었는데 일정 시간 동안 물체를 똑같이 복사하여 환영을 만드는 스킬이었다.

물론 아주 가까이에 가서 확인을 할 경우 환영이라는 것을 알아차릴 수 있었고 그림자 까지 생성 시키는 것은 불가능했다.

이건 분명 누군가가 고의적으로 가짜 세이프 타워를 만들어 놓은 것을 의미했다.

'함정이다!'

확신이 들었다.

아니나 다를까?

포돌스키의 목소리가 들려왔다.

"아! 저기가 코어이군요. 이곳에서 진형을 새롭게 편성하겠습니다!"

수천 명이 넘는 헌터들은 제 자리에 멈추어 섰고 포돌스키가 바쁘게 지시를 내리기 시작했다.

"일단 코어는 한번 들어가면 들어간 곳으로는 나올 수 없습니다. 안 쪽의 아티팩트를 이용해서 나갈 수밖에 없으니 이곳에서 새롭게 편성하도록 하겠습니다."

이 말은 사실이었다.

코어에 입장한 이상 들어간 직후 나갈 수 있는 유일한 방법은 아티팩트를 이용하는 방법 밖에 없었다.

마음속으로 조마조마 하고 있던 혁명단원들의 시선은 모두 다 HNPC에게로 향하고 있었다.

에솔릿 같은 막강한 HNPC는 빨라 사라져 주었으면 하는 바람이었는데 이런 혁명단들의 바람을 들어 준다는 듯이 포돌스키가 말했다.

"군단장과 부단장을 제외하고 국가에 소속된 헌터들과 HNPC는 모두 코어로 입장합니다. 아베 관리자님께서 인솔해 주실 겁니다."

곧바로 아베는 정예병들과 HNPC들을 이끌고 코어 안으로 들어가기 시작했다.

가장 껄끄러운 자들이 코어 안으로 들어간 순간 혁명단의 얼굴은 회심의 미소가 그려졌다.

혁명단쪽에서 본다면 순식간에 수천 명의 정예와 HNPC가 사라졌으니 반가웠겠지만 한성은 오히려 상대가 의도적으로 틈을 보여주고 있는 것처럼 보이고 있었다.

'HNPC와 정예들이 코어로 입장했고 병사들 역시 치우고 있다. 눈 앞에 있는 세이프 타워를 진짜로 믿는다면 이곳이 제 일의 요지다.'

모든 상황들이 함정이라는 신호를 보내고 있었다.

그때였다.

성민이 당황한 목소리가 들려왔다.

"아까 출발하기 전에 대만쪽에서 누군가 잡혀갔다고 합니다. 아무래도 문제가 생긴 것 같습니다."

곧이어 지수가 말했다.

"대만쪽에서 움직이고 있습니다."

한성은 대만 진형 쪽을 바라보았다.

아직 아무런 말도 없었고 아무런 조취도 취해지지 않고 있었지만 이미 심리적 압박감은 밀려오고 있었다.

대만의 헌터들 중 몇몇이 무언가 다급하게 얘기를 하고 있는 모습이 보였고 갈팡 질팡 하는 모습은 상당수의 숫자가 저항군이라는 것을 말해주고 있었다.

'의도적으로 흘린 거다.'

일본의 저항군들을 비밀리에 제압해 버렸고 대만의 저항군 중 한명을 납치했다는 사실 역시 위압감을 주기 위해 저항군들에게 고의로 흘린 사실이었다.

흔들리고 있는 자들은 대만의 헌터들 뿐이 아니었다.

대한민국과 북한의 저항군들 역시 흔들리고 있는 모습이 보였다.

이건 포돌스키가 원하는 행동이었다.

'걸렸군.'

한성은 고개를 흔들었다.

지금 상황에도 희철은 자신을 감시하고 있을 것이 분명했다.

지수와 민석이의 움직임은 그대로 보고 되었을 것이 분명했다.

끝까지 태연하게 행동하는 것이 더 유리할지 몰랐지만 대만쪽에서 움직인다면 분명 난투는 피할 수 없을 것이 분명했다.

'결정을 내려야 할 것 같군.'

병사들의 외침이 이어졌다.

"각 군의 군단장들은 앞쪽으로 나와 주십시오!"

곧바로 한성은 지수와 민석이에게 말했다.

"전투가 벌어지면 그 즉시 전속력으로 세이프 타워 반대쪽 시작 지점으로 달아난다. 그리고 그 곳에 있는 아티팩트를 이용해서 탈출한다. 상대가 미리 지키고 있을 수도 있다. 만일 아티팩트를 이용할 수 없다면 EXIT 스킬을 사용하도록."

민석이가 눈앞에 보이는 세이프 타워를 가리키며 말했다.

"저 세이프 타워가 아닙니까?"

"저건 함정이다. 명심해라. 싸우는 것이 우선이 아니고 달아나는 것이 우선이다. 밖으로 나가면 연락을 하겠다."

혁명단은 고개를 끄덕이고 있었고 한성은 지수의 팔을 붙잡으며 말했다.

"유리가 가지고 있는 EXIT 스킬은 여덟 명까지 가능하다. 더 이상은 말하지 않겠다."

지금 이곳에 참가한 대한민국의 혁명단 숫자는 20명이 넘었다.

무엇을 의미하는지 알겠다는 듯이 지수는 고개를 끄덕였다.

❖

어느덧 배치는 모두 다 끝났다.

HNPC와 국가에 소속된 헌터들은 거의 대부분 다 코어 안으로 들어가 버렸고 국가 소속원 중 남아 있는 자들은 포돌스키를 비롯하여 서른 명 정도 밖에 남아 있지 않았다.

숫자만 놓고 본다면 외부 길드에서 영입되어 들어온 자들의 숫자가 훨씬 더 많았다.

포돌스키가 함정을 파 놓은 것도 모른 채 대한민국의 혁명단을 제외하고 각국의 혁명단들은 모두 다 똑같은 생각을 가지고 있었다.

'지금 싸우면 이길 수 있다!'

자신들이 걸린 것이 아닌지 조마조마 하던 마음은 어느 새 바뀌고 있었다.

무시무시한 HNPC도 없었고 정예 부대도 없었다.

눈 앞에 있는 자들은 관리자들.

도지사나 시장 정도의 위치에 있는 자가 아니라 국가의 우두머리였으니 지금이 아니면 이들을 제거할 기회는 다시 오지 않을지 몰랐다.

세이프 타워가 눈앞에 있었고 전투가 벌어진다면 관리자들만 죽이고 달아나면 된다는 생각이 머릿속에 가득했다.

몇몇 이들이 노골적으로 살기를 드러내고 있는 가운데 포돌스키가 앞쪽으로 나서며 말했다.

"자, 외부 길드에서 오신 여러분들은 이곳까지입니다. 지금 부터는 국가소속의 헌터들이 상대하겠습니다. 지금까지의 노력에 감사드리고 여러분들께는 여러분들이 상상하시는 것 이상의 보너스를 드리겠습니다. 모두 감사합니다! 꾸벅!"

포돌스키는 허리를 90도로 굽히며 플레이어들에게 인사를 했다.

국가의 최고 위치에 있는 관리자가 이렇게 까지 허리를 굽히고 인사를 하는 모습에 일반 헌터들은 감동하고 있었다.

이대로 끝나는 줄 알았던 혁명단원들이 마음속으로 안도의 한숨을 내쉬고 있던 그때였다.

인사를 마치고 허리를 서서히 들어 올리고 있는 포돌스키의 눈빛이 번뜩였다.

"그런데…… 이곳에 불온한 생각을 가지고 있는 자들이 섞여 들어왔다는 소식이 있습니다."

잠시나마 긴장의 끈을 놓고 있었던 혁명단원 전원이 얼어붙고 있었다.

허리를 굽히기 전의 포돌스키와 지금 포돌스키의 모습은 완전히 다른 모습을 보이고 있었다.

마치 다른 사람이 된 것처럼 조금 전까지 인자하게 웃고 있던 포돌스키의 모습은 어디에도 없었고 악마를 연상케 할 정도로 무섭게 변한 포돌스키의 모습이 보이고 있었다.

포돌스키의 위압감은 단번에 헌터들을 압도해 버렸다.

그의 몸에서 뿜어져 나오고 있는 기운은 달콤한 보상을 꿈꾸고 있던 헌터들의 머릿속을 날려 버리고 있었다.

포돌스키가 말했다.

"국가의 존재를 흔들고 세상을 어렵게 만드는 세상의 악을 저는 도저히 용서할 수 없습니다. 여러분들께서 증인이 되어 테러리스트의 최후가 어떻게 되는 지 세상에 알려 주십시오."

포돌스키의 말이 끝나는 순간이었다.

"아앗!"

누군가의 짧은 외침이 끝나는 순간 대만의 헌터 한명이 붙잡힌 채로 끌려 나오고 있었다.

사내는 출발 전 끌려간 사내 이었는데 몸이 꽁꽁 묶인 채로 헌터들에 의해 끌려 나오고 있었다.

헌터들이 술렁이고 있는 가운데 포돌스키가 말했다.

"자, 이분 누군지 아시는 분들 계시죠? 숨어 들어온 테러리스트입니다. 한 명 잡았어요."

포돌스키의 말이 끝나는 순간이었다.

대만의 몇몇 헌터들이 싸울 자세를 갖추었다.

아직까지 움직이지 않고 있었지만 동료가 잡혀 갔다는 사실은 자신들의 정체가 들통 났음을 의미했다.

이들은 언제라도 공격할 자세를 갖추고 있었는데 포돌스키는 전혀 신경 쓰지 않는다는 듯이 말을 이었다.

"솔직히 말씀드리면 저는 여러분들 중에 누가 테러리스트고 누가 아닌지 몰라요. 즉, 여러분들이 아무것도 하지 않고 가만히 있으면 여러분은 거액의 금액을 가지고 안전하게 돌아가실 수 있다는 말입니다."

곧바로 포돌스키는 잡혀 있는 사내를 바라보며 모두가 들을 수 있도록 큰 소리로 말했다.

"무슨 일이 있어도 동료를 파시면 안 돼요. 절대로 테러리스트들의 이름을 말하지 마세요."

혁명단 중 몇몇은 심장이 덜컥 거리고 있었고 몇몇은 이해가 가지 않는다는 표정을 짓고 있었다.

상식적으로 본다면 잡힌 헌터를 고문시켜 혁명단의 이름을 알아낼 것이 분명했지만 포돌스키는 뜻밖의 말을 꺼내고 있었다.

"테러리스트 분들은 나와 주세요. 자수하시면 차마 살려 준다는 거짓말은 하지 못해도 고통 없이 죽여준다고는 말해 줄게요."

나오지 말란 말이었다.

"없나요? 좋아요."

포돌스키는 헌터들을 바라보며 말했다.

"저는 착한 사람들에게는 천사와도 같지만 악행을 저지르는 자들에게는 악마보다 더 무섭습니다. 지금부터 테러리스트들을 어떻게 상대해 주는지 똑똑히 보여드리죠. 혹시라도 살아 나가신다면 모두 소문내 주세요."

곧바로 포돌스키는 작은 도구 하나를 꺼내 들었다.

무기라기 보다는 수술을 할 때 쓰이는 메스처럼 보였는데 중급 이상의 등급으로 보이지는 않았지만 포돌스키는 만족스러운 눈으로 메스를 바라보고 있었다.

잡혀 있는 헌터와 눈앞에 있는 헌터들을 번갈아 바라보며 포돌스키가 말했다.

"지금부터 어떠한 일이 있어도 움직이지 마세요. 지금부터 그 자리에서 움직이는 자는 무조건 테러리스트로 간주합니다."

말이 끝나자마자 포돌스키의 손에 들려 있던 메스가 빠르게 움직였다.

"아악!"

붙잡혀 있는 헌터의 어깨에는 피가 솟구쳤고 곧바로 포돌스키의 메스가 연이어 움직였다.

"아악! 아악!

어깨에 이어 양 허벅지에 붉게 피가 물들고 있었다.

"아악! 아악!"

메스는 눈에 보이지도 않을 정도로 움직이며 사내의 몸을 찌르고 있었는데 포돌스키는 미소 지으며 말했다.

"에이, 엄살은. 각성자가 이 정도로는 안 죽어요. 일부러 급소는 피해서 찌르고 있습니다. 죽지 않아요."

그때였다.

빠르게 움직이고 있던 손이 목 근처로 향했다.

파아아앗!

혈관을 건드렸는지 피가 솟구쳤다.

포돌스키가 황급히 메스를 거두며 말했다.

"이크크! 실수닷!"

포돌스키는 재빨리 상급 정수를 부어 주었다.

한성의 눈이 번뜩였다.

'실수가 아니다.'

실수라고 말하고 있었지만 한성은 포돌스키가 의도적으로 했다는 것을 알고 있었다.

상급 정수를 아낌없이 부어 주자 출혈이 가득했던 상처는 순식간에 치유되고 있었다.

상처가 치료 되었다는 것은 다시 고문을 시작한다는 것을 의미했다.

한성이 생각한 것처럼 상처가 치료 되자마자 다시 메스가 움직였다.

온 몸을 난자하겠다는 듯이 메스는 급소를 피하며 움직이고 있었고 사내의 고통스러운 비명은 끊임없이 나오고 있었다.

"아악! 아악! 차라리 죽여!"

사내는 몸을 비틀며 비명을 토해내고 있었다.

"아이! 움직이지 마세요! 또 실수할지 몰라요. 아무리 정수라 해도 심각하게 맞으면 치료 못해요."

치료해주고 다시 고문을 자행하는 잔인한 모습에 헌터들은 눈을 돌리고 있었다.

메스가 여전히 사내의 몸을 난자하고 있는 가운데 포돌스키가 헌터들을 바라보며 말했다.

"구해주실 분? 영화처럼 멋있게 짠 하고 나와서 동료를 구해 주실 멋진 테러리스트 분들 안 계시나요?"

침묵만이 흐르고 있었다.

"쯧쯧, 동료들이 버리려고 하네요. 평소에 인성이 좋지 않았나 봅니다. 그럼 쓸모가 없으니 난이도를 높여 한번 신체를 잘라 보죠. 어디부터 자를까요? 목을 자르면 즉사니 팔? 다리? 아니면……."

포돌스키의 메스가 점점 더 내려가고 있던 그때였다.

대만쪽에서 한 사내의 외침이 울려 퍼졌다.

"그만둬!"

포돌스키를 비롯한 모두의 시선이 외침을 내지른 사내에게 향했다.

양 손에 쌍도끼를 들고 있는 사내를 필두로 무기를 꺼내 들고 있는 자들이 줄줄이 앞으로 나오고 있었다.

"오호. 나와 주셨네요."

양 손에 쌍도끼를 들고 있는 사내가 헌터들을 바라보며 외쳤다.

"한국! 북한! 그리고 일본! 모두들 들어! 지금 우리가 덤비면 관리자 셋을 처리할 수 있어! 숫자는 몇 명 없다! 저세 명을 처리하고 곧바로 세이프 타워를 이용해 탈출한다! 모두 힘을 모아줘!"

연이어 무장을 한 헌터들이 앞으로 나오고 있었지만 포돌스키는 고개를 흔들었다.

"하여간 영화를 너무 보셨다니까."

사내의 목소리가 끝나는 순간 일본과 북한쪽의 헌터들 역시 일어나는 자들이 보이고 있었다.

"가자!"

"12지역구 혁명의 시작이다!"

곧바로 헌터들은 앞 다투어 뛰어 나오기 시작했다.

백 명이 넘는 헌터들이 달려 나오고 있었지만 포돌스키는 눈 하나 깜빡하지 않고 있었다.

곁에 있던 진첸밍이 말했다.

"제 지역구니 제가 처리하겠습니다."

리민수 역시 거들며 말했다.

"나머지는 제가 맡죠."

두 관리자를 필두로 몇몇 부단장들이 함께 앞으로 나가기 시작했다.

숫자로 보면 대략 100명의 혁명단과 열 명도 되지 않는 관리자들과의 싸움이었는데 포돌스키는 오히려 헌터들을 걱정하듯 외쳤다.

"선량한 헌터 여러분들은 움직이지 마십시오! 움직이지 않으시면 다치지 않아요."

관리자들이 혁명군과 대결을 벌이려는 급박한 순간이었지만 포돌스키는 신경 쓰지 않는 다는 듯이 이들은 쳐다보지도 않고 있었다.

지금 포돌스키의 시선이 향한 쪽은 대한민국 쪽이었다.

각 나라 별로 혁명단들은 앞으로 돌진해 오고 있었는데 이상하게 대한민국 쪽에서는 공격을 해 오는 자들이 없었다.

오히려 몇몇 의심가는 자들은 전투가 벌어지는 쪽이 아닌 후방의 경계가 없는 쪽으로 이동하고 있었다.

"흐음?"

이상하다는 듯이 포돌스키가 바라보고 있던 그 순간이었다.

대만 혁명단의 리더로 보이는 자가 외쳤다.

"돌격! 관리자를 죽여라!"

촤아아아앗!

슈우우우웃!

관리자를 목표로 공격이 쏟아져 오기 시작했다.

두 개의 도끼에서 불이 일어나기 시작했고 곧바로 혁명단들은 각기 자랑하는 스킬들을 뿜어내고 있었다.

한성의 시선은 공격이 향한 관리자들쪽을 향하고 있었다.

진첸밍.

가장 선두에서 달려가고 있던 진첸밍이 멈추어 섰다.

대만의 관리자인 그는 공격력은 부족했지만 방어력만큼은 그 누구에게도 뒤지지 않을 만큼 견고했다.

촤아아아아앗!

두 팔로 몸을 가린 채 웅크리자 그가 자랑하는 방어 스킬이 발산 되었다.

'마나 써클.'

마법 공격을 방어하는 데에는 방어구보다 훨씬 더 뛰어나다는 마나 써클 스킬이 발산되고 있었다.

슈우우우욱!

진첸밍 주위로는 커다란 마나 구가 생성 되었는데 마나 구는 날아오는 공격은 물론이고 주변으로 지나쳐 가고 있는 마나의 기운까지 빨아들이고 있었다.

상대방의 에너지를 빨아들인 다는 듯이 공격을 받을수록 마나의 크기는 더욱더 커지고 있었다.

"마법 공격은 효과가 없다! 물리 공격!"

마법 공격이 효과가 없다는 것을 깨달은 혁명단이 재빨리 물리 공격으로 변환하는 순간이었다.

불행이도 혁명단은 이런 고급 스킬이 어떻게 작용되는지를 알지 못하고 있었다.

방어가 끝났으니 그 다음은 공격이었다.

진첸민이 두 팔을 활짝 펴는 순간이었다.

좌아아아앗!

모아 둔 에너지를 한 번에 토해 낸 다는 듯이 마나구가 흩어지며 사방으로 퍼져나갔다.

"으아아앗!"

5M밖에 영향을 미치지 못하는 짧은 거리의 스킬이었지만 지금 달려들고 있는 혁명단을 제압하기에는 충분한 거리였다.

근접한 거리에 달려들었던 혁명단들의 몸이 순식간에 녹아내려 버리고 있었다.

과거에 본 그대로의 실력이었다.

곧바로 한성은 가장 선두에서 달려 나가고 있는 자에게로 시선을 돌렸다.

리민수.

북한의 관리자로 훗날 절대자와의 최후의 대결에서 악명을 날린 인물이었다.

한성의 눈이 그의 손으로 향했다.

오랜만에 본 그의 스킬이 발산되고 있었다.

민수의 손에는 한성이 사용하는 사슬과 비슷해 보이는 장갑이 손에 착용되어 있었는데 손에서는 사슬 대신 가느다란 피아노 줄처럼 생긴 줄이 사방으로 뻗어나가고 있었다.

좌아아아앗!

사슬처럼 묶을 수 있는 기능은 없었지만 더 얇고 날카로웠으며 숫자는 두 개 더 많은 여덟 개였다.

한성의 사슬이 추를 이용해 파괴력을 갖추었다면 민수의 무기는 베는 능력을 갖추고 있었다.

달려가면서도 민수는 손을 좌우로 흔들고 있었다.

좌아아아앗!

좌우로 흔들 때 마다 뻗어간 피아노 줄은 저항군의 몸을 찢어버리고 있었다.

손을 몇 번 흔들었을 뿐이었지만 마치 여덟 개의 얇은 검이 춤을 춘다는 듯이 혁명단의 몸을 조각으로 만들어 버리고 있었다.

"크아아아아아!"

"까아아아아악!"

혁명단의 비명은 참담한 결과를 말해 주고 있었다.

단 두 명으로 충분했다.

두 명의 관리자가 보여준 압도적인 스킬에 혁명단은 벌써부터 달아나고 있었고 관리자를 보조하고 있는 부단장들이 할 일이라고는 벌써부터 겁을 먹고 달아나는 혁명단의 등에 검을 꽂아 넣는 일 밖에 없었다.

혁명단들은 아직까지 관리자의 두려움을 알지 못하고 있었다.

관리자라 하면 각성자 중에서도 오랜 연구와 테스트를 거쳐 뽑힌 인물이었다.

50레벨 이상에 천상계의 아이템을 사용하고 있는 이들의 힘은 감히 혁명단이 넘볼 실력이 아니었다.

채 1분도 지나지 않아서 상황은 종료되었다.

"다, 달아나!"

전투에 참여하려 했던 혁명단 중 살아 남은 자들은 약속이나 한 듯 이 세이프 타워 쪽으로 뛰기 시작했다.

우르르 몰려가고 있었지만 관리자들은 천천히 뒤를 따르고 있었다.

달아난 혁명단이 세이프 타워에 있는 곳에 도착한 순간이었다.

환영으로 만들어진 세이프 타워는 하나 둘 씩 사라지고 있었다.

"어어엇!"

"환영이다!"

단 한 개의 세이프 타워를 제외하고 모든 세이프 타워들은 신기루처럼 사라져 버렸다.

마지막 희망이 사라져 버렸고 비명이 튀어 나왔다.

"으아아아악!"

유일하게 진짜였던 세이프 타워 주변에는 병사들이 대기하고 있었고 그들의 손에서 섬광이 쏟아지는 것과 동시에 혁명단들은 쓰러지고 있었다.

순식간에 혁명단들이 제압되었지만 포돌스키의 얼굴은 밝지 않았다.

단번에 혁명단의 뿌리를 뽑아 버릴 거라 생각했었는데 어찌된 일인지 대한민국의 헌터들은 처음부터 정 반대 방향으로 달려 나가고 있었다.

예상하지 못한 일이라는 듯이 포돌스키가 고개를 갸웃거렸다.

"어라? 처음부터 세이프 타워가 가짜라는 것을 눈치 챈 건가? 이건 예측하지 못한 건데 생각보다 뛰어나네?"

모두가 세이프 타워 쪽으로 달아날 거라 예측했던 탓에 지금 이들이 돌아가고 있는 방향으로는 수비 병력이 갖추어지지 않고 있었다.

이건 포돌스키의 계산에서 벗어난 일이었다.

'분명 저들이 향하는 곳은 아티팩트가 있는 곳. 물론 거기에도 수비병들은 있다. 하지만 코어의 드래곤을 상대하기 위해 실력이 좋은 자들은 남겨두지 않았다. 그럼 저들이 달아날 확률이 있기는 있는데.'

의외의 일이 벌어졌다는 듯이 포도스키의 얼굴에는 미소가 사라지고 있었다.

완벽을 추구하는 그는 불확실을 허락하지 않았다.

'흐음.'

자신이 직접 나선 다면 충분히 잡을 수 있었지만 자신은 해야 할 일이 있었다.

포돌스키는 성호를 바라보며 명령을 내렸다.

"명예 회복을 할 기회를 주겠습니다. 저기 달아나는 놈들 제거하세요. 죽여도 좋습니다. 저들이 향하는 곳은 아티팩트. 그곳에는 수비병들이 있습니다. 그들과 함께 힘을 합쳐 제거해 버리십시오."

포돌스키가 지휘봉을 잡은 후 지금까지 구석에서 숨만 쉬고 있던 성호였다.

이대로라면 상은 고사하고 처벌을 받을 것 같아 두려웠던 성호는 이것이 자신에게 마지막 기회임을 알았다.

"가자!"

성호는 곧바로 몇몇 부단장들을 이끌며 달려가기 시작했다.

한성의 시선이 달아나는 혁명단과 성호에게로 향했다.

속공의 차이가 있는 탓에 순식간에 거리는 좁혀 들어오고 있었다.

포돌스키는 거리를 유지한 채 아티팩트의 수비병과 함께 잡으라 했지만 성호는 서두르고 있었다.

"속공! 단번에 잡아 버린다!"

최고 관리자인 포돌스키에게 찍힌 이상 실추된 명예를 회복하기 위해서는 반드시 실력을 보여 주어야 했다.

    최대한도로 속공을 끌어 올리고 있는 성호의 모습을 본 포돌스키의 얼굴이 구겨졌다.

    "이런 멍청한!"

    그때였다.

    달아나고 있던 혁명단 중 지수의 몸이 허공으로 뛰어 오르는 것이 보이고 있었다.

    허공으로 뛰어 오른 지수의 몸이 회전하는 것과 동시에 벼락 같이 마나 화살이 찍어 내려지고 있었다.

    "허억!"

    달아나는 혁명단 주제에 이렇게 과감하고 위력적인 공격이 떨어질 줄 성호는 알지 못하고 있었다.

    단순히 따라잡기 위해 속공만을 끌어 올리고 있던 성호와 그의 부하들은 이런 공격을 막아낼 준비를 하지 못했다.

    콰과과광!

    지상의 흙먼지가 튀어 오르는 것과 동시에 병사들의 몸이 사방으로 튀어 오르고 있었다.

    명색이 총사령관인 성호는 죽지 않았지만 몸이 마비되어 버렸는지 추격을 하는 속도는 현저히 늦어지고 있었다.

    포돌스키가 고개를 흔들었다.

    "아, 이런 멍청한. 제대로 하는 게 하나도 없어! 아! 저런 자가 총지휘관이었다니."

    어느새 지수와 대한민국 혁명단은 시야에서 사라져 버렸다.

포돌스키가 고개를 흔들고 있는 가운데 눈 앞서 벌어지고 있던 상황은 모두 다 종료되었다.

진첸민과 리민수는 더 이상 할 일이 없다는 듯이 다가오고 있었고 부장들이 뒤처리를 끝내고 있었다.

눈앞에는 처참한 시체들이 나뒹굴고 있었고 외부에서 온 헌터들과 혁명단 중에 나서지 않은 자들만이 부들부들 떨며 움직이지 못하고 있었다.

포돌스키는 남아 있는 헌터들 앞으로 나가기 시작했다.

아직 남아 있는 헌터들 중 혁명단이 숨어 있다는 사실을 알았지만 포돌스키는 개의치 않는 다는 듯이 아무런 무장 없이 앞으로 다가가고 있었다.

어느새 그는 다시 인자한 표정으로 바뀌어져 있었다.

"자자! 모두 놀라셨죠? 괜찮아요. 여러분들은 해치지 않아요. 아니 해치기는커녕 큰 상을 내릴 겁니다. 여러분들을 놀라게 한 위로금으로 적어도 100억 이상은 지불될 테니 용서해 주세요."

100억이라는 거액도 귀에 들려오지 않고 있었다.

눈앞에서 보인 압도적인 학살에 헌터들은 정신이 나가 있었고 무엇을 해야 할지 어떻게 해야 할지 모르겠다는 표정만 짓고 있었다.

특히나 아직까지 숨어 있는 몇몇 혁명단원들의 심장은 터질 듯이 흔들리고 있었다.

이런 마음을 모르는 듯이 포돌스키는 친절한 목소리로

병사들에게 지시를 내렸다.

"여기에 많은 분들이 놀라셨습니다. 서둘러 세이프 타워로 안내해 주세요. 모두 안녕히 가세요."

부하들은 헌터들을 세이프 타워로 이끌고 가기 시작했고 덜덜 떨면서 움직이는 헌터들을 향해 포돌스키의 목소리가 들려왔다.

"아! 마지막으로 한마디만. 조금 전 테러리스트들이 발악을 했을 때 움직이지 않으신 테러리스트 분들이 있으리라 생각 됩니다. 동료가 죽어감에도 불구하고 겁을 먹고 동참하지 않으신 분들 말입니다. 아주 훌륭합니다. 그 훌륭함이 목숨을 살렸고 엄청난 부를 가져다주었어요. 집에 돌아가서 직접 한번 경험해 보세요. 영화 속 주인공처럼 자책을 할지 아니면 행복한 삶을 살지 말입니다. 또 연락이 닿는 테러리스트들에게는 오늘 벌어진 일을 똑똑히 전해 주세요. 악마들에게 저는 아주 무섭습니다."

포돌스키가 원한 것이 이거였다.

혁명단 중 상당수는 죽음을 맞이하였고 몇몇이 살아 돌아갔지만 오늘 본 공포는 순식간에 혁명단에게 전해질 것이 분명했다.

절대자에게 대항을 하면 어떻게 된다는 사실과 절대자에게 대항조차 하지 말라는 경고의 메시지를 지금 보내고 있는 것 이다.

세이프 타워 근방으로 대부분의 사람들이 사라져 갔고

어느새 한성의 곁으로는 포돌스키와 관리자들 밖에 남아 있지 않게 되었다.

한성은 시야에서 사라진 혁명단을 생각하고 있었다.

'살아 돌아갔을까?'

분명 아티팩트 역시 병사들이 있을 것이 분명했다.

한성이 지수가 달아난 쪽을 바라보는 순간이었다.

자신을 응시하고 있는 시선이 느껴졌다.

'으음?'

지금까지 혁명단을 신경 쓰느라 정작 자신에 대해서는 신경을 쓰지 못하고 있었는데 어느새 세 명의 관리자는 멀찌감치 떨어진 채 한성을 포위한 상태였다.

삼각형의 중심에 한성을 놓는다는 듯이 세 명의 사내는 세 방향을 선점한 채 한성을 노려보고 있었다.

'이, 이런!'

지금 까지 혁명단에만 신경을 쓰느라 정작 이들이 자신을 가장 마지막으로 노리고 있다는 것은 알지 못하고 있었다.

진첸민과 리민수가 동시에 말했다.

"이 사내입니까? 가장 경계를 해야 한다는 자?"

"강해 보이는 군요."

"그렇습니다. 예상치 못한 복병이 등장했습니다만 덕분에 거래가 성사 되었으니 우리 쪽으로는 나쁘지 않아요."

알지 못할 포돌스키의 말이 끝나는 순간이었다.

포돌스키가 미소 지으며 물었다.

"제주도의 바람은 괜찮았는지요?"

포돌스키의 질문은 한성의 심장으로 매섭게 꽂히고 있었다.

한 나라의 수장이라는 자가 일개 헌터에 불과 한 자신이 제주도로 간 것을 알고 있었다.

이미 이들은 자신이 혁명단과 내통하고 있다는 사실을 알고 있었고 자신이 도지사를 암살한 사실까지 알고 있었다.

포돌스키가 고개를 갸웃거리며 물었다.

"제주도 도지사 이명기는 뛰어난 자였습니다. 현재 테러리스트들 중에는 그토록 뛰어난 자가 있을 리가 없죠. 근데 어떻게 죽였죠? 머리도 좋고 실력도 나름 출중한 자 였는데. 우리 쪽에서는 아까운 인재 하나를 잃었지 않았습니까."

한성은 더 이상 피하지 않겠다는 듯이 검을 꺼내 들었다.

"연기 스킬이 없는 게 아쉽군."

두 명의 관리자 그리고 포돌스키까지 세 개의 거대한 산이 자신을 둘러싸고 있었다.

한성이 검을 꺼내 드는 것과 동시에 리민수와 진첸민은 싸울 준비를 갖추었지만 한성의 검 끝은 포돌스키로 향하고 있었다.

다른 두 명의 관리자 역시 상당한 실력이라는 것은 알고 있었지만 가장 경계해야 할 인물은 포돌스키란 사실을 한성은 알고 있었다.

한성이 검을 꺼내 들고 있었지만 포돌스키는 싸울 자세
조차 잡지 않고 있었다.

"흐흐흐. 도박 좋아하고 술과 여자 좋아하는 척 하는 것
까지는 괜찮았어요. 아시겠지만 우리는 실력뿐만 아니라
인품도 봅니다. 근데 말이죠. 수아 있지 않습니까? 우리가
보내드린 여비서 아니 솔직하게 말하면 감시자요. 그 미모
의 아가씨를 건드리지 않은 것이 실수였어요. 남자를 좋아
하는 것도 아닌데 가장 옆에 있는 미모의 아가씨를 건드리
지 않았다는 것은 뭔가 수상하잖아요?"

곧이어 포돌스키는 궁금하다는 듯이 물었다.

"왜죠? 이렇게 뛰어난 실력을 가지고 있으면서 어째서
테러리스트들과 함께 하려는 겁니까?"

한성의 검 끝에 마나의 기운이 모이고 있는 가운데 한성
이 말했다.

"네 놈은 분명 훌륭한 관리자가 될 거다. 문제는 절대자
를 위한 충실한 개가 된다는 것이 문제지만."

마나의 기운이 휘몰아치고 있는 검끝이 자신에게 향하고
있었지만 여전히 포돌스키는 무기조차 꺼내지 않고 있었다.

오히려 싸울 생각이 없다는 듯이 포돌스키는 뒷짐을 지
고 있었는데 그가 웃으며 답했다.

"당신은 분명 훌륭한 관리자가 될 수 있었을 겁니다. 잘
못된 쪽에 섰다는 게 문제이지만."

포돌스키의 정확한 실력은 알지 못했다.

단지 그의 검에 수많은 혁명단이 죽어갔다는 사실만이 알고 있을 뿐이었다.

어차피 넘어야 할 산 이었지만 그 산을 만나는 시점은 자신의 예상 보다 훨씬 더 빨랐다.

"사실 당신을 죽이려면 훨씬 더 전에 죽일 수도 있었어요. 근데 왜 안 죽였을까요? 하나는 대한민국 테러리스트들을 함께 소탕할 생각이었고 또 다른 이유는 우리 쪽에 좋은 딜이 들어왔거든요."

무슨 말인지 알 수 없었지만 한성이 공격을 하려는 순간이었다.

포돌스키는 황급히 뒤로 물러서며 말했다.

"아니, 저는 싸움하는 걸 싫어하는 지라. 대신 싸우고 싶어 하는 자를 붙여 드리죠."

포돌스키가 물러서고 어디선가 병사 한명이 모습을 드러내고 있었다.

믿을 수 없었다.

한성의 눈이 커지고 있었다.

눈앞에 나타난 병사는 바로 로머 건틀릿이었다.

한성의 눈앞으로 건틀릿이 모습을 드러내고 있었다.

"오랜만이구나."

건틀릿은 일반 헌터의 복장을 하고 있었는데 겉모습만 보아서는 일반 헌터와 똑같은 모습이었다.

온 몸에 소름이 끼치고 있었다.

관리자들이 있는 상황에서 단단히 벼르고 있는 건틀릿까지 만났기 때문이 아니었다.

건틀릿과 포돌스키 즉 관리자가 한패라는 사실은 꿈에도 생각하지 못한 사실이었다.

이건 회귀 전에도 알지 못하던 사실이었다.

"도, 도대체 네 놈들은!"

한성이 놀라고 있는 사이 포돌스키는 건틀릿을 바라보며 말했다.

"자, 약속은 지켰습니다. 주세요."

건틀릿은 인벤토리에서 커다란 꿈틀 거리는 무언가를 꺼내들었다.

커다란 수박만한 크기의 물체는 짐승의 내장기관처럼 보이고 있었는데 마치 살아 있다는 듯이 꿈틀 거리고 있었다.

정체를 알 수 없는 물체를 포돌스키에게 던져 주며 건틀릿이 말했다.

"드래곤의 심장 중 하나를 뺐다. 심장이 재생 될 때까지는 원래 힘의 10분의 1도 쓰지 못한다."

"네. 네. 감사합니다. 복 많이 받으세요."

포돌스키의 행동에 놀라고 있는 것은 한성뿐이 아니었다.

리민수와 진첸민 역시 포돌스키가 로머인 건틀릿과 거래를 했다는 사실에 놀라고 있었다.

'이거였구나!'

포돌스키가 12지역만으로 드래곤을 잡겠다고 장담한 이유가 이곳에 있었다.

건틀릿의 말처럼 드래곤이 원래의 10분의 1의 힘도 쓰지 못한다면 12지역구만으로 드래곤을 제압하는 것도 결코 꿈만 같은 이야기는 아니었다.

포돌스키는 거래가 끝났다는 듯이 한성을 바라보며 말했다.

"재미있는 시간 보내세요. 저는 나중에 지옥에서 만나요."

최악의 상황이 벌어지고 있었다.

관리자 세 명. 그리고 건틀릿까지 있는 상황이었다.

아무리 자신의 레벨이 높아졌다 하더라도 지금 상황은 절망적인 상황이었다.

절망적인 상황에서 한성은 먼저 선수를 쳤다.

촤아아앗!

한성이 첫 번째로 노린 자는 진첸민.

미리 준비해 두었던 마나의 기운은 진첸민을 향하고 있었다.

마나의 기운이 휘몰아치고 있는 검이 자신을 향하고 있었지만 진첸민은 오히려 반가웠다.

'흥! 와라! 모조리 흡수해 주마!'

진첸민은 몸을 웅크리며 마나 써클을 시전 시켰다.

지금 한성의 검에 흐르고 있는 마나의 기운이 마나 써클에 흡수된다면 오히려 반사시키는 공격이 더욱더 강해지는 것이나 마찬가지였다.

진첸민의 주변으로 커다란 둥근 마나 기운이 형성되는 순간이었다.

지켜보고 있던 포돌스키의 눈이 번뜩였다.

'페이크!'

순식간에 한성의 손에 들려 있던 검이 사라져 버렸다.

어느새 검 대신 한성의 손에는 사슬이 들려 있었다.

포돌스키의 눈빛이 번쩍였다.

'마나 써클의 약점을 알고 있다! 어떻게?'

마나 써클 같은 고급 스킬은 일반 헌터들이 보는 것조차 힘들었는데 어찌된 일인지 한성은 마나 써클의 약점까지 파악하고 있었다.

"어엇?"

진첸민이 놀라는 순간 진첸민의 몸을 향해 한성은 사슬을 내밀었다.

촤아아아앗!

포돌스키의 생각처럼 한성은 마나 써클 스킬의 약점을 알고 있었다.

마나 써클은 흡수한 에너지를 반사시켜 짧은 거리 안에 있는 적을 섬멸시키는 스킬이었는데 문제는 마나의 기운을 흡수해야 그 에너지를 역으로 방출시킬 수 있었다.

지금 날아오는 사슬처럼 마나의 기운이 전혀 없는 물리 공격이라면 아무리 약한 공격이라 하더라도 마나 써클은 전혀 방어를 할 수 없었다.

"우우웃!"

진첸민이 급하게 마나 써클을 해제 시키며 피하는 순간 이었다.

"으음?"

머리를 박살내려는 듯이 날아들던 추가 갑작스럽게 방향을 바꾸었다.

휘리리릭!

진첸민이 피할 줄 알았다는 듯이 머리를 박살내려는 듯이 날아들던 사슬은 잡는다는 듯이 퍼지며 진첸민의 목을 감아 버렸다.

"허억!"

마치 세 개의 손가락이 목을 쥐어 잡는 다는 듯이 세 갈래로 갈라진 사슬은 진첸민의 목을 감아 버렸다.

"우우욱!"

목이 조여지는 것을 느낀 진첸민이 급하게 사슬을 잡는 순간이었다.

놓아주지 않겠다는 듯이 사슬은 더욱더 목을 조여오고 있었고 한성의 몸은 진첸민의 뒤로 이동을 한 상황이었다.

인질을 잡았다는 듯이 한성은 진첸민의 몸을 완전히 봉쇄한 상황이었다.

리민수가 움직이려는 순간이었다.

"움직이면 그대로 부러뜨려 버린다!"

한성은 포돌스키를 바라보며 말했다.

관리자를 인질로 잡았음에도 불구하고 포돌스키는 담담한 표정을 짓고 있었고 대신 건틀릿의 팔이 움직였다.

과거 던전에서와는 다르게 검날 대신 번개 모양의 마나 빛이 팔 부분에서 솟구쳤다.

인질 따위는 전혀 신경 쓰지 않는 다는 듯이 뻗어오는 공격에 한성은 본능적으로 붙잡은 진첸민을 놓아주며 뛰어올랐다.

조금의 멈칫거림도 없이 날아온 번개 빛은 여지없이 진첸민의 복부에 명중되어 버렸다.

파아아아앙!

마치 대포에 맞은 것처럼 진첸민은 가슴이 뻥 뚫려 버린 채로 죽어 버렸다.

움직이지 않았으면 자신의 몸 까지 관통을 했을 위력이었다.

건틀릿이 말했다.

"저 놈은 내가 상대한다! 끼어들지 마라!"

동료 관리자가 죽었음에도 불구하고 포돌스키는 담담하게 말했다.

"약속은 약속이니까요. 저희는 개의치 않겠습니다. 민수 관리자님께서는 후방쪽을 지켜 주십시오."

한성이 건틀릿을 이길 확률은 희박했지만 만일에 하나라도 건틀릿을 물리친다면 달아날 곳은 세이프타워 아니면 대한민국 혁명단이 달아난 방향 밖에 없었다.

만일의 사태에 까지 대비한다는 듯이 민수는 후방 쪽으로 이동했고 포돌스키는 세이프 타워가 있는 쪽으로 자리를 잡았다.

리민수는 긴장하고 있었지만 포돌스키는 관전을 하겠다는 듯이 여유 있는 표정이었다.

'실력을 좀 볼까나?'

생존도에서 살아남은 생존자이자 던전에서 믿기지 않은 실력을 보이고 눈을 속이기 위해 행동을 했던 사내는 저항군과 내통해 있었다.

'마나 써클 스킬의 약점도 알고 있고 레벨도 비약적으로 높다. 뭐지 이 자는?'

의문투성이의 한성을 지켜보겠다는 듯이 포돌스키의 시선은 집중되고 있었다.

곧바로 건틀릿은 달려가기 시작했다.

달려오는 것을 보았을 뿐이었지만 한성은 이미 건틀릿이 전에 비해 한 단계 더 높은 속공을 쓰고 있다는 것을 알 수 있었다.

한성은 뒤로 뛰어 오르며 양 손을 내밀었다.

촤아아아앗!

공기를 가르며 여섯 개의 사슬이 동시에 뻗어나가는 순간이었다.

차아아아앗!

건틀릿의 달라진 점은 속도뿐이 아니었다.

건틀릿의 손이 바쁘게 움직이기 시작했다.

착! 착! 착! 착!

각기 다른 부위를 노리고 날아가고 있던 추는 손바닥에 막히고 있었다.

챙! 챙! 챙!

손바닥에 막힌 사슬은 건틀릿의 속도를 늦추지도 못한 채 사방으로 힘없이 흩어져 버리고 있었다.

피하는 것도 아니라 일일이 막아낸다는 사실에 놀라고 있을 새도 없었다.

어느새 건틀릿은 한성의 코앞까지 다가왔고 한성은 곧바로 백호의 검으로 무기를 교체했다.

좌아아아악!

내려찍듯이 백호의 검이 떨어지는 순간이었다.

과거와는 다르게 건틀릿은 피하지 않고 검을 그대로 손으로 밀쳐 버렸다.

챙!

파도와 같은 힘이 한성에게 전해져오며 건틀릿이 착용한 장갑은 백호의 검을 튕겨 버리고 있었다.

제대로 공격을 주고 받지도 않고 있었지만 한성과 건틀릿은 서로 놀라며 같은 생각을 하고 있었다.

'강해졌다!'

과거 던전에서 겨룬 후로 얼마 지나지 않은 시간이었지만 한성의 레벨은 비약적으로 높아진 상황이었고 건틀릿 역시 각성을 한 후라 더욱더 높아진 상황이었다.

더 놀란 쪽은 한성이었다.

검을 손으로 튕길 수 있다는 것은 상대와 자신의 레벨이 큰 차이가 있지 않다면 불가능한 일이었다.

분명 던전에서 건틀릿의 레벨은 58이었다.

지금 자신의 레벨은 57이었으니 지금 건틀릿의 레벨은 분명 70근처 라는 것을 의미했다.

급격하게 강해진 건틀릿에 놀라고 있을 상황이 아니었다.

곧바로 건틀릿의 몸이 한성의 몸을 향해 파고드는 순간이었다.

'확장!'

좌아아앗!

백호의 검이 커지는 것과 동시에 건틀릿의 몸을 향해 떨어져왔다.

건틀릿이 더 강해진 것처럼 지금 한성의 레벨 역시 그때에 비해 훨씬 더 높아진 상황이었다.

성인의 몸 보다도 큰 검날이 떨어지는 순간이었다.

착!

짧은 소리가 울려 퍼지는 순간이었다.

확장된 백호의 검은 건틀릿의 양 손에 붙잡혀 있었다.

확장된 검날의 크기 탓에 한성과 건틀릿의 거리는 상당히 떨어져 있었는데 한성은 검을 찔러넣기 위해 건틀릿을 향해 힘을 집중하고 있었고 건틀릿은 두 손으로 검을 붙잡고 있었다.

팽팽한 힘겨루기가 진행되는 가운데 건틀릿이 한성을 노려보며 말했다.

"그 사이 더 강해졌군."

한성은 대꾸대신 검에 신경을 쏟고 있었다.

검을 통해 느껴지는 건틀릿의 힘은 자신을 훨씬 더 능가하고 있었다.

자신은 검의 손잡이를 잡고 있었고 상대는 검날을 잡고 있었지만 힘의 균형은 자신이 밀리고 있었다.

건틀릿 역시 이 사실을 알고 있다는 듯이 두 손으로 검을 잡고 있는 상황에서도 건틀릿은 말을이었다.

"네 놈에게서는 이상한 느낌이 들어. 우리랑 같은 부류라는 느낌이랄까?"

"전혀 반갑지 않군."

한성의 머릿속으로는 복잡한 생각이 들고 있었다.

'힘으론 이길 수 없다. 그렇다면……'

건틀릿이 말했다.

"인간과는 함께 하지 말아야할 존재의 느낌. 이런 곳에서 죽는 것보다는 우리와 함께 새로운 세상으로 나가는 게 더 좋지 않겠어?"

알아듣지 못할 건틀릿의 말에 한성은 짧게 답했다.

"개소리!"

한성의 답변이 끝나는 순간이었다.

"그럼 죽어!"

건틀릿의 두 손이 짧게 움직이는 순간이었다.

두두두둑!

건틀릿이 붙잡은 검날이 흔들리는 순간이었다.

챙그랑!

백호의 검은 산산조각 나버리고 있었다.

검이 부셔지는 순간 건틀릿의 팔에 장착된 검날이 한성의 머리를 향해 날아들었고 한성의 스킬이 발산 되었다.

'격투가!'

촤아아아아앗!

현재 무기를 들지 않았을 경우 한성이 보유하고 있는 최강의 스킬이었다.

건틀릿 뿐만 아니라 지켜보고 있던 포돌스키와 리민수 역시 눈이 커졌다.

'저, 저건?'

'무슨 스킬인가? 분명 레벨이 상승되었을 때처럼 강한 기운이 느껴진다!'

명색이 관리자인 자신들조차 알 수 없는 스킬이 보이고 있었다.

순간 한성의 머리를 노리고 올라갔던 건틀릿의 팔이 한성에게 붙잡혔다.

건틀릿의 팔에는 한성의 폭발시킨 레벨업 힘이 생생히 전해져 오고 있었다.

"오호, 이거였구나. 이걸로 해머를 잡았군!"

자신의 팔이 붙잡혔음에도 불구하고 건틀릿은 여유를 잃지 않고 있었다.

"하아압!"

기합 소리와 함께 과거 거구의 로머인 해머를 매쳤던 때와 똑같은 기술이 발동 되었다.

건틀릿의 몸은 해머의 몸 보다 더 가벼웠고 지금 한성의 레벨은 그때 보다 훨씬 더 높은 상황이었다.

건틀릿의 몸이 허공에서 한 바퀴 구르며 그대로 땅바닥에 처박혀 버렸다.

콰과과광!

과거 해머를 내리찍었을 때 보다 훨씬 더 증강된 격투가 스킬이었다.

얼마나 강하게 내리찍었는지 머리부터 내리찍어진 건틀릿의 주변으로 흙먼지가 떠올려지고 있었다.

'세, 세상에!'

지켜보고 있던 민수의 눈이 커지는 순간이었다.

한성은 여전히 두 주먹을 쥔 채 쓰러진 건틀릿을 노려보고 있었다.

❖

지금 건틀릿을 내리찍었을 때의 힘은 과거 해머를 내리

찍었을 때 보다 훨씬 더 강한 위력이었다.

땅이 파이고 흙먼지가 사방으로 튀어 오를 정도로 강하게 내리찍어 졌지만 한성은 경계를 늦추지 않고 있었다.

흙먼지가 가라앉은 것과 동시에 땅에 처박힌 건틀릿이 고개를 흔들며 일어나고 있었다.

"훨씬 더 강해졌군. 어떻게 한 거지?"

이 정도로 끝나지 않을 거라는 사실은 한성 역시 알고 있었다.

한성의 시선은 가슴으로 향하고 있었다.

건틀릿을 메치는 그 짧은 순간에도 주먹을 한방 먹였었다.

그 공격은 한성의 회심의 일격이었다.

격투가 스킬의 특수 효과에는 연타 스킬이 포함되어 있었다.

한방의 일격으로 분명 셋방의 주먹이 꽂혔는데 건틀릿은 멀쩡해 보이고 있었다.

"잊었나? 나는 면역 쉴드를 있다고."

곧바로 건틀릿은 달려왔다.

지금 부터는 맨손 대 맨손의 대결이었다.

순식간에 두 사내의 주먹이 바쁘게 움직이기 시작했다.

건틀릿의 팔과 다리에 장착된 검날이 틈을 노리고 있었고 한성의 주먹과 팔꿈치가 쉴 새 없이 움직이며 틈을 허락하지 않고 있었다.

모든 능력치를 10분간 두 배로 뛰어 오르게 하는 격투가 스킬이었다.

조금 전 까지만 하더라도 현저하게 늦었던 속도는 이제 비슷하게 맞추어지고 있었고 두 사내의 근접전은 숨 쉴 새 없이 펼쳐지고 있었다.

'세, 세상에.'

지켜보고 있던 리민수는 온 몸에 땀이 흐르고 있었다.

'저 몬스터는 그렇다 쳐도 저 헌터는 어떻게 일개 헌터 주제에 이런 실력을 보인단 말인가!'

격투가 스킬을 사용한 한성의 실력은 관리자인 자신의 실력보다 더 뛰어나 보이고 있었다.

민수와는 다르게 포돌스키는 냉정하게 상황을 판단하고 있었다.

'알지 못하는 스킬로 능력치는 상향되었다. 조금 전까지 현저히 떨어지는 속공, 체력, 힘. 균등할 정도로 되었다. 하지만……'

포돌스키는 벌써 격투가 스킬의 약점을 꿰뚫어 보고 있었다.

'저 스킬은 무기를 들지 못하는 모양이군.'

한성은 맨 손이었지만 건틀릿은 온 몸에 암기를 감추고 있었다.

격투가 스킬로 능력치를 끌어 올려 건틀릿과 비슷한 수준까지 올리기는 했지만 건틀릿에게는 양 팔과 양 다리에 장착된 검날이 있었다.

한성 역시 이 사실을 알고 있는 탓에 상대의 몸을 봉쇄하고 있었지만 완벽하게 봉쇄할 수는 없었다.

조금씩 조금씩 건틀릿의 검날이 스치고 지나갈 때마다 한성의 몸에서 피가 흩어지고 있었다.

포돌스키는 생각했다.

'무리, 무리. 지금 상황에서도 방어를 하는 것이 고작이다. 쿨 타임이 얼마인지는 몰라도 쿨 타임이 끝나는 시간이 바로 죽는 시간이다.'

치열하게 주먹을 교환하고 있는 한성과 건틀릿 역시 똑같은 생각을 하고 있었다.

격투가의 쿨 타임은 10분.

10분이 지난다면 더 이상은 1분도 버티지 못할 것이 분명했다.

이 사실은 누구보다도 한성이 제일 잘 알고 있었다.

'시간이 지나면 그대로 끝이다. 더구나 면역 쉴드 역시 더 횟수가 많아진 것 같다. 이대로라면 승산이 없다.'

격투가 스킬로 건틀릿을 제압하는 것은 사실상 불가능했다.

격투가 스킬이 통하지 않는 다면 다른 스킬을 사용할 수밖에 없었다.

순간 한성의 머릿속으로 스킬 하나가 떠올라왔다.

'승부!'

한성이 승부수를 던지려는 순간이었다.

'무리만 하지 않으면 무조건 이긴다. 곧 승부수를 던진다!'

건틀릿은 철저히 방어 위주로 행동을 하고 있었다.

상대가 낼 수 있는 최선의 스킬은 무기를 들지 못하는 격투가 스킬 이었으니 자신이 해야 할 일은 철저히 방어위주로 행동을 하다 상대가 승부수를 던질 때 틈을 노릴 생각이었다.

그때였다.

한성의 몸에 빈틈이 보이고 있었다.

건틀릿은 본능적으로 빈틈을 향해 발차기를 명중 시켰고 발차기가 명중되는 순간 한성의 몸이 뒤로 튕겨 났다.

'도약!'

위로 뛰는 것 대신 뒤로 뛰어오르며 한성은 도약 스킬을 시전했다.

'아웃!'

공격이 성공했음에도 오히려 당황한 쪽은 건틀릿이었다.

지금 한성은 의도적으로 빈틈을 보였고 발차기를 맞는 척 하면서 두 손으로 건틀릿의 다리를 뒤로 밀어 내며 뒤로 거리를 벌리고 있었다.

'승부수를 던지지 않고 달아나려는 건가?'

서두를 줄 알았던 한성이 오히려 포기할 줄은 몰랐다.

건틀릿이 재빨리 한성을 향해 달려가려는 순간이었다.

거리를 만든 한성은 의외로 제자리에 선 채로 무기를 꺼내 들고 있었다.

한성이 부러진 백호의 검을 잡는 순간이었다.

곧바로 기계음이 울려 퍼졌다.

[격투가 스킬 해제 됩니다.]

지켜보고 있던 모두의 눈이 커졌다.

레벨이 하향되었음을 알린다는 듯이 한성 주변에서 흐르고 있던 마나의 기운은 순식간에 사라져 버리고 있었다.

'무슨 생각이냐?'

유일하게 건틀릿에게 대항할 수 있는 스킬을 포기한 채부러져 버린 검을 들어 올리는 한성의 모습에 모두가 의아해 하고 있던 그 때였다.

'승부수!'

한성의 손에서 스킬이 시전 되며 빛이 번쩍였다.

〈핏빛의 사쿠라.〉

설명: 플레이어 주변으로 열두 개의 마나 검날을 만들어냅니다. 검날은 신호와 함께 대상을 향해 날아갑니다. 레벨 56이상. 반드시 영웅 등급 이상의 검을 들고 있어야 합니다. 쿨타임 25시간.

특징: 검날을 숨기기 위해 피를 머금은 사쿠라가 사방으로 퍼져나가 적의 시야를 가립니다. 일본도를 착용했을 경우 검날이 열두 개 추가 됩니다. 검날은 면역 쉴드를 관통

304 회귀의
절대자 3

합니다.

부러진 검이었지만 영웅 등급의 무기를 들고 있다는 사실은 스킬을 시전하기에 조금의 무리도 없었다.

무기를 잡는다는 사실 하나만으로 격투가 스킬을 포기해야 했지만 지금 상황에서 상대의 면역 쉴드를 제압할 수 있는 방법은 이 스킬 밖에 없었다.

과거에 가지고 있던 스킬이었지만 일본도를 사용하지 않았던 탓에 거의 사용하지 않았던 스킬이었다.

화려해 보이는 스킬이었고 면역 쉴드를 관통까지 할 수 있는 스킬이었지만 시전 시 움직임이 고정될 수밖에 없었고 결정적으로 사정거리가 상당히 짧았다.

상대가 가까이 와 주지 않는다면 전혀 위력을 발휘할 수 없는 스킬이었던 탓에 크게 선호되지 않는 스킬이었지만 지금은 달랐다.

상대는 자신을 노리고 있었고 지금 이 스킬의 약점을 파악할 수는 없었다.

촤아아아앗!

한성이 하늘로 향해 세우고 있는 검의 주변에서 날카로운 검날 모양의 마나들이 형성되기 시작했다.

검날의 모습이 보이는 순간 주변으로 핏빛의 벚꽃들이 검날 주변에서 쏟아져 나오고 있었다.

생전 처음 보는 스킬에 모두의 눈이 커지고 있었다.

"으음?"

마치 폭풍이 불면서 벚꽃 나무의 벚꽃을 날려 버린다는 듯이 건틀릿을 향해서 피를 머금은 벚꽃들이 휘날리며 시야를 가리고 있었다.

'처음 보는 스킬이다!'

건틀릿조차도 처음 보는 스킬이었지만 벚꽃이 시야를 가리는 가운데 마나 검날들이 숨어 있다는 것은 알 수 있었다.

이 상황에서 최선의 방법은 그냥 뒤로 물러나는 것이었지만 건틀릿은 물러나지 않고 있었다.

'피해버리면 그만!'

화려하게 날리는 벚꽃들이 시야를 가리고 있었지만 건틀릿은 눈이 아닌 감각으로 피할 자신이 있었다.

피할 수 있다는 자신감과 면역 쉴드가 있다는 자신감은 건틀릿의 속도를 더욱더 높이고 있었다.

'가랏!'

한성의 부러진 검이 건틀릿을 향하는 순간이었다.

대기하고 있던 검날들이 건틀릿을 향해 뻗어가기 시작했다.

동시에 열 개도 넘는 검날이 벚꽃들 틈에 숨어서 날아오고 있었다.

'흥!'

건틀릿의 몸이 뛰어 올라졌다.

온 몸의 감각은 검이 날아오는 방향을 말해주고 있었고 허공에서 몸을 비트는 순간 검날들은 건틀릿의 몸을 스쳐 지나가고 있었다.

허공에서도 자유자재로 움직일 수 있다는 듯이 건틀릿은 검날들을 피해 버리고 있었다.

"끝이다!"

곧바로 건틀릿의 다리에서 튀어나온 검날이 한성의 목을 향해 날아가는 순간이었다.

"으음?"

건틀릿의 눈이 커졌다.

모두 피했다고 생각했는데 마지막 한 개의 검날 만큼은 아직 제 자리에 남아 있는 상황이었다.

한성은 건틀릿이 피할 줄 알고 있었다.

그 탓에 최후의 한 개는 마지막 일격을 날리기 위해 남겨둔 상황이었다.

한성이 외쳤다.

"가랏!"

부러진 검이 솟구치는 것과 동시에 마지막 남은 검날이 솟구쳐 올라갔다.

파아아아앗!

이미 모든 검날을 피했다고 생각한 건틀릿은 최후의 일격을 날린 상황이었고 아무리 건틀릿이라 하더라도 이런 상황에서 이 짧은 거리에서 날아오는 검날을 피할 수는 없었다.

"커어억!"

가슴에 명중되는 순간 면역 쉴드가 깨어지며 검날은 건틀릿의 몸을 관통하며 허공으로 날아가 버렸다.

퍼어어억!

건틀릿의 몸은 검날의 충격에 날아가며 힘없이 땅 바닥에 떨어져 버렸다.

가슴에 구멍이 난 상태로 바닥에 쓰러져 있는 건틀릿은 한성을 바라보았다.

"허어어억! 도, 도대체 네, 네놈은!"

믿기지 않는다는 듯이 한성을 바라보고 있던 그 순간 건틀릿은 그대로 빛과 함께 소멸되어 버렸다.

건틀릿의 몸이 사라지는 순간 한성은 재빨리 움직이고 있었다.

아직 두 명의 관리자가 남아 있었다.

믿기지 않는 다는 듯이 리민수의 입에서 놀라움이 튀어 나왔다.

"세, 세상에!"

"온다!"

포돌스키의 외침이 울려 퍼졌다.

포돌스키의 외침에 정신이 번쩍 든 리민수는 전투태세를 갖추었다.

포돌스키는 이미 세이프 타워 쪽으로 가 있는 상황이었다.

한성의 방향은 이미 예측되고 있었다.

한성은 분명 자신보다는 리민수를 상대할 것이고 대한민국 저항군이 달아난 쪽으로 달아날 것이 분명했다.

포돌스키의 머릿속은 빠르게 움직이고 있었다.

'리민수를 제압한다 하더라도 따라잡을 수 있다!'

포돌스키가 급하게 리민수 쪽으로 달려 나가려는 순간이었다.

포돌스키의 발걸음이 멈추었다.

포돌스키의 입에서 짧은 비명이 새어나왔다.

"어엇!"

포돌스키는 한성이 세이프 타워 쪽으로 달아날 거라 생각하고 있었는데 전혀 의외의 일이 벌어졌다.

한성이 택한 방향은 리민수쪽도 포돌스키가 있는 세이프 타워 쪽도 아니었다.

한성이 택한 방향은 코어였다.

이미 수천 명의 병사들이 들어가 있는 곳인 코어 속으로 한성이 달아날 줄은 전혀 예상하지 못했었다.

코어 안에는 수천 명의 병사들이 있고 에솔릿을 비롯하여 HNPC들까지 있었다.

당연히 한성 입장으로서는 피해야 할 1순위의 장소였지만 오히려 한성은 코어로 들어가고 있었다.

아무리 포돌스키라도 한성이 한 번도 가본 적이 없는 곳으로 달아날 생각을 할 수는 없었다.

'어째서? 안에 뭐가 있을 줄 알고?'

다만 포돌스키가 모르는 사실이 있었다.

한성은 회귀를 했고 회귀전 코어는 여러 번 방문을 한 적 있었다.

코어의 내부를 자세히 알고 있었고 코어 안에 세이프 타워가 있다는 사실까지 알고 있었다.

"서, 설마?"

포돌스키의 얼굴이 굳었다.

한성의 의도를 읽었다는 듯이 포돌스키는 급하게 외쳤다.

"잡아!"

민수와 포돌스키는 한성의 뒤를 쫓기 시작했고 한성은 조금의 주저함 없이 코어에 입장을 시작했다.

[코어 입장합니다. 던전 최종 보스인 드래곤이 기다리고 있습니다.]

기계음이 귀속으로 울려 퍼졌다.

포돌스키의 예상과는 전혀 다르게 한성은 코어에 입장을 해 버렸다.

원래 포돌스키는 일반 병사들이 건틀릿의 모습을 보는 것을 원치 않았다.

자신과 건틀릿이 거래를 한다는 사실을 일반 병사들에게 알리고 싶지 않았던 탓에 포돌스키는 한성에 관한 일은 일반 병사들에게 알리지 않았었다.

한성은 이 사실을 예측하고 있었다.

즉 지금 코어 내부에 있는 헌터들은 밖에서 무슨 일이 일어났는지 몰랐을 것이 분명했다.

포돌스키는 속공을 최대한 도로 끌어 올리며 외쳤다.

"서, 서둘러!"

사라진 한성의 뒷모습을 바라보며 포돌스키는 리민수와 함께 코어로 달려가기 시작했다.

〈4권에서 계속〉